Eckhard Duhme

Mir

passiert so etwas

doch nicht

- Urlaubslektüre -

© 2012   Eckhard Duhme, tredition GmbH
Verlag: tredition GmbH, Hamburg
Umschlaggestaltung: Eckhard Duhme
ISBN: 978-3-8491-1809-9

Printed in Germany

Eigentlich habe ich Geschichten von Ephraim Kishon gerne gelesen, aber in einem Punkt hat er mich verärgert: Wieso bezeichnet er seine Frau als die Beste von allen? Wie, bitte schön, sollen denn jetzt ich und andere Männer ihre geliebten Ehefrauen würdigen? Bei mir ist es noch relativ einfach: meine Engelhafte. Sie meinen, das sei doch auch übertrieben? Nun, genau so hat sie sich bei mir vorgestellt, als ich sie nach ihrem Namen gefragt habe. Meine erste Vermutung: „Ach, Angela", ist falsch, aber beim zweiten Lösungsversuch bin ich erfolgreich gewesen: „Angelika?" „Gut! Mal Latein gehabt?" „Ja, das liegt jedoch lange zurück." Immerhin habe ich damals bereits, Gott sei Dank, seit drei Jahren kein Latein mehr lernen müssen. Inzwischen sind daraus 47 Jahre geworden; und mit der Engelhaften bin ich seit 39 Jahren verheiratet.

Sie leidet leider unter „Heuschnupfen", genauer beschrieben, unter einer Allergie gegen Pollen der Haselnuss. Seit unsere zwei Söhne „aus dem Haus sind", reisen wir im Frühjahr immer für zwei Wochen irgendwo „ans Wasser", auf eine Insel oder eine Küstenlandschaft. Nach drei bis vier Tagen Seeklima bekommt meine Engelhafte wieder menschenwürdig Luft. Wir verbinden solche Heilurlaube jeweils mit dem „Kennenlernen von Land und Leuten". Per Mietwagen, Typ C, klein, aber fünftürig, sind wir viel unterwegs, ergänzt durch ausgiebige Wanderungen. Der Autotyp C ist in südlichen Ländern zu empfehlen; die Straßen sind dort in kleinen Ortschaften oftmals doch recht eng. „Nur faul am Strand oder Pool liegen, das mag ich nicht", sagt meine Engelhafte mir vorsorglich immer wieder; denn mir könnte das so hin und wieder durchaus gefallen. Wenn man aber 39 Jahre glücklich verheiratet ist und es durchaus weitere Jahre bleiben möchte, dann geht das nur mit Kompromissen: meine Engelhafte schlägt etwas vor und ich stimme dem großzügig zu. Sie fragen sich nun vielleicht, warum ich ausgerechnet jetzt über uns berichte. Ach, das ist nur die Einleitung zu unserer diesjährigen Urlaubsstory gewesen, damit Sie wissen, mit wem Sie es dabei zu tun haben. Im Folgenden möchte ich Ihnen berichten, was uns alles passiert ist. Manchmal hört man so etwas, aber geht davon aus, dass man selber von solchen „Pleiten, Pech und Pannen" verschont bleibt. Wir wissen jetzt: es kann jeden treffen…

Ich habe frühzeitig per Internet zwei Wochen Urlaub in Cascais, einem Ort in Portugal, an der Atlantikküste, etwa 30 Kilometer von Lissabon entfernt, gebucht. „Lissabon" haben wir uns dieses Mal als „Schwerpunktthema" für die Urlaubszeit ausgesucht. Meine Engelhafte und ich bevorzugen im Urlaub „Appartement mit zwei Zimmern". Das hat sich bewährt, da die Engelhafte Frühaufsteherin ist und abends entsprechend früh ins Bett geht, wohingegen ich ein Morgenmuffel bin und abends auflebe. Ob dieser Unterschied ein Geheimnis unserer glücklichen Ehe ist? Für diejenigen, die, im Unterschied zu mir, an Sternzeichen glauben, sei noch erwähnt: meine Frau ist Widder, ich bin Steinbock. Vor der Eheschließung ist uns deshalb prognostiziert worden: „Das funktioniert entweder überhaupt nicht oder ausnahmsweise aber ganz hervorragend." Wir sind wohl die Ausnahme geworden. Ach, ich schweife ab, Entschuldigung.

Also, ich habe per Internet für zwei Wochen im Frühjahr 2011 in Cascais ein Appartement mit zwei Zimmern gebucht, mit Anschluss an ein Fünf-Sterne-Hotel, incl. Halbpension. Selbstverständlich habe ich das so frühzeitig gemacht, dass ich die günstigsten Rabatte bekommen habe. Außerdem habe ich einen Kleinwagen Typ C „ab / bis Flughafen" gemietet. Die Erfahrungen aus dem Vorjahresurlaub in der Türkei haben uns gelehrt, dass ein deutschsprachiges Navigationsgerät in Städten sehr hilfreich sein kann. Allerdings haben wir dabei festgestellt, dass das Mieten eines Navigationsgerätes relativ teuer ist – teurer als der Kauf eines mobilen Navis, das man dann immer nutzen kann. Ich habe mich deshalb über empfehlenswerte Navigationsgeräte schlau gemacht und per Internet eines gekauft. Wir haben seine Einsatzfähigkeit vor dem Urlaub bei Fahrten in Deutschland auf uns bekannten Strecken getestet; es hat prima funktioniert. Welches Gerät das ist, schreibe ich aus Wettbewerbsgründen hier jetzt nicht; dafür werden Sie doch hoffentlich Verständnis haben. Meine Internetrecherche hat ergeben, dass es nicht „das" ideale Navi gibt; bei allen Anbietern sind von Nutzern Vor- und Nachteile beschrieben.

Seit etlichen Jahren nutzen meine Engelhafte und ich die Möglichkeiten, am Vorabend am Flughafen einzuchecken und in einem nahe gelegenen Hotel die Angebote „Park, sleep and fly", zu nutzen. Das machen wir, seit einmal morgens um 05:15 Uhr bei der Fahrt mit einem Flughafentaxi die Autobahn wegen eines LKW-Unfalls total gesperrt gewesen ist und wir den Flieger mit viel, viel Glück, dabei klatsch nass geschwitzt in letzter Minute erreicht haben. „Nie wieder!" sind wir uns sofort einig gewesen. Eigentlich passiert einem ja so etwas nicht – Vollsperrung der Autobahn um 05:15 Uhr.

Wir haben uns, wie immer, mit Nachbarn verständigt, sich „um das Haus, die Post und die Zeitungen" zu kümmern. Ach ja, ganz so normal ist es in diesem Jahr nicht gewesen. Die Nachbarn, die üblicherweise alles für uns übernehmen, sind dieses Mal während unserer Urlaubszeit selber zehn Tage abwesend. Na, gut, dass es noch andere nette, hilfsbereite Nachbarn gibt. Wir wohnen in einer kleinen, ruhigen Nebenstraße, in der sich die Nachbarn kennen.

Ich stelle soeben fest, Ihnen bisher noch gar nicht mitgeteilt zu haben, dass meine Engelhafte und ich fleißig Tennis spielen, sogar mit- und gegeneinander. Die Tennisweisheit: „Ehepaar-Mixed geht gar nicht oder führt zur Scheidung", haben wir inzwischen wohl glaubhaft widerlegt. Warum ich das erwähne? Nun, der Flug nach Lissabon geht von Düsseldorf aus mit einer Fluggesellschaft, die für sich folgende Reklame macht:

„Sportgepäck im Gewichts- und Stückkonzept – Wir möchten, dass Sie auch auf Ihren Reisen Ihren Sport ausüben können. Deswegen bieten wir spezielle Übergepäck-Tarife für Sportgepäck an. Bitte beachten Sie, dass Sportgepäck vor dem Flug angemeldet werden muss. Sportgepäck wird in drei Kategorien eingeteilt: Klein, Mittel und Groß. Die dazu gehörigen Tarife sowie Ausnahmen zu den Kategorien finden Sie hier. Alle Gepäckstücke, die nicht in den Listen enthalten sind, werden nach ihrem Gewicht und / oder der Größe der entsprechenden Kategorie berechnet. Die benannten

Ausnahmen (wie z.B. Golf, Ski) werden unabhängig von Größe und Gewicht immer gemäß der dargestellten Kategorie berechnet."

Die Tabelle ergibt für mein Tennisgepäck: Kategorie Klein – in Europa 35 € / Flug, also 70 € „Sonderangebot". Normal wären 10 € / Kilo / Flug, bei 15 kg also 300 € für Hin- und Rückflug zu zahlen. Na, das liest sich doch gut! Bisher haben meine Engelhafte und ich immer „Übergepäck" für die Tennissachen bezahlen müssen. Die üblichen 20 kg Freigepäck reichen bei zwei Urlaubswochen so gerade mal für Kleidung, Unterwäsche, Schuhe, Kulturtasche, aber nicht auch noch für Tennissachen. Wir spielen im April-Urlaub, sobald meine Engelhafte menschenüblich Luft bekommt, etwa 15 Stunden Tennis, um uns auf die Medenspiel-Saison, die im Regelfall Anfang Mai beginnt, vorzubereiten. Sandboden und Sonnenschein wirken sich auf das Tennisspiel nun mal anders aus als Teppichboden und Hallendach im Winterabonnement. Diese Vorbereitung auf die Meisterschaftsspiele ist uns das Geld für das notwendige „Übergepäck" durchaus wert.

Tennisschuhe, -schläger, -anzüge, -hosen, -hemden, Stirn- und Schweißbänder, Mützen, Tennisbälle, die Unterwäsche für die Tennisspiele sowie Dusch- und Schweißhandtücher benötigen Platz und wiegen einiges. Jetzt bietet die Fluggesellschaft, mit der wir nach Portugal fliegen, eine Spezialgebühr für Sportgepäck an: *„Wir möchten, dass Sie auch auf Ihren Reisen Ihren Sport ausüben können."* Da hat sich die Fluggesellschaft doch ein dickes Lob verdient! Welche Fluggesellschaft das denn ist? Nun, lesen Sie mal erst weiter, vielleicht erübrigt sich Ihre Frage. Ich melde jedenfalls, wie vorgegeben, mein Sportgepäck an und bekomme einige Tage später dann ein Schreiben der Fluggesellschaft: „Spezialgepäck bestätigt". Da kommt schon eine besondere Urlaubsvorfreude auf!

Unser Abflug ist für Mittwoch, 09:10 Uhr, Terminal 1, Economy Class, gebucht. Am Dienstag fahren meine Engelhafte und ich, unter Einberechnung des zu erwartenden Staus im Kölner-Ring, so rechtzeitig los, dass wir gegen 18:00 Uhr am Flughafen Düsseldorf ankommen können. Das Einchecken am Vorabend ist ab 18:00 Uhr möglich. Als wir den Kölner-Ring recht zügig durchfahren haben, fragt meine Engelhafte: „Wo hast Du denn das Navi verpackt?" „Ich?? Ich denke, Du hast Dich darum gekümmert." „Ich?? Das ist doch wohl Deine Aufgabe!" „Ich habe es nicht eingepackt." „Ich auch nicht." Schweigen. Dann: „Ehrlich?" „Ehrlich!" „Scheiße!" „Sollen wir umkehren und es holen?" „Drei Fahrstunden und noch zweimal durch den Kölner-Ring?" „Nee, das tun wir uns nicht an. Wir werden schon irgendwie eine Lösung finden." Vermutlich schimpft meine Engelhafte, genau wie ich, noch still vor sich hin, aber sollen wir uns wegen eines vergessenen Navis die Freude auf Urlaub in Portugal vermiesen? Nein!

Am Flughafen Düsseldorf haben wir zunächst Glück; wir finden einen nahe zum Terminal 1 gelegenen Parkplatz. Ich meine, es ist im Parkhaus 3 gewesen. Etwas irritiert sind wir, als der Fahrstuhl, den wir nutzen möchten, nicht funktioniert. Nachdem er sich auch beim dritten Drücken der Taste nicht bewegt, sage ich: „Nichts wie raus hier!" Erfreulicherweise reagiert der Türöffner. Wir überlegen dann kurz, ob wir überhaupt noch in einen Fahrstuhl einsteigen wollen, aber drei Koffer mit insgesamt ca. 55 kg Gepäck sind ein überzeugendes Argument. Der nächste Aufzug bringt uns auch völlig problemlos zur Etage „Abflug". Am Abendschalter der Fluggesellschaft ist es ziemlich leer, da wird das Einchecken wohl zügig gehen. Hach, es geht sogar besonders schnell, da wir mit der Reisebestätigung eine Buchungsnummer erhalten haben, mit der man an einem Automaten „selber einchecken" kann. Dabei ist uns auch noch eine freundliche Bedienstete behilflich. Per Tastendruck am Eincheck-Automaten können wir sogar unsere Wunsch-Sitzplätze auswählen – toll! Froh gelaunt, der Ärger über das vergessene Navigationsgerät ist vergessen, gehen wir zur Gepäckaufgabe. „Schön, Sie haben ja schon alles selber vorbereitet", werden wir lächelnd begrüßt. Nach der Kontrolle unserer Personalausweise stelle ich die drei Koffer auf das Transportband. „Oh, Sie haben 17 kg Übergepäck. Na gut, 2 kg akzeptieren wir großzügig, aber für 15 kg müssen Sie jetzt noch die Übergepäck-Gebühren zahlen." „Nein, ich habe ja Sportgepäck angemeldet und das ist mir auch bestätigt worden, hier, sehen Sie, da steht: Spezialgepäck bestätigt." „Und wo ist Ihr Spezialgepäck?" „Hier in dem Koffer, da sind ausschließlich Tennissachen drin." „Das gilt aber nicht als Sportgepäck, das ist doch ein ganz normaler Koffer." „Ja, aber in dem sind ausschließlich Tennissachen. Ihre Fluggesellschaft macht doch ausdrücklich Reklame mit dem Slogan: *Wir möchten, dass Sie auch auf Ihren Reisen Ihren Sport ausüben können.* Wir spielen im Urlaub intensiv Tennis. Ich habe das Gepäck ja dementsprechend vorher angemeldet." „Nein, es tut mir leid, ein Koffer ist als Sportgepäck nicht gemeint." „Ich kann den Koffer gerne öffnen und Ihnen zeigen, dass dort nur Tennissachen drin sind." „Nein, wir fangen hier doch jetzt nicht an, Kofferinhalte zu kontrollieren. Ich muss Ihnen die Übergepäckgebühren berechnen." „Das akzeptiere ich nicht." „Moment, dann soll das meine Vorgesetzte mit Ihnen klären." Nach einem Telefonat erscheint die Vorgesetzte. Sie bestätigt: „Ja, normale Koffer fallen nicht unter unser Sonderangebot für Sportgepäck. Das sind zum Beispiel Golfausrüstungen und Surfbretter." „Tennis ist doch wohl ebenso ein Sport wie Golf. In den Ausführungen zum Sportgepäck sind die Golf- und Skiausrüstungen als Ausnahmeregelungen aufgeführt, ansonsten wird nur zwischen Klein, Mittel und Groß unterschieden. Dieser Tenniskoffer fällt unter die Kategorie Klein." „Dann könnte ja jeder angeben, er würde Tennis spielen, nur um Übergepäckgebühren zu sparen. Sie können die Tennisschuhe und Shirts jederzeit auch privat, ohne Tennis im Urlaub nutzen." Da hat es mir die Sprache verschlagen: Mir wird unterstellt, ich würde durch Falschangaben Übergepäckgebühren sparen, also einen Betrugsversuch unternehmen wollen! Meine Engelhafte ist völlig fertig: „Komm, mir reicht es, wir nehmen die Koffer und fahren nach Hause, der Urlaub ist mir jetzt hier schon total verdorben worden." Die Vorgesetzte versucht, die Situation noch zu retten: „Ihr Gepäck hat 17 kg Übergewicht. 2 kg akzeptieren wir aus Kulanzgründen. Für Ihre Tennisschuhe, Schläger und Bälle berechne ich Ihnen 5 kg nicht, aber für 10 kg müssen Sie die üblichen Übergewichtsgebühren zahlen." Ich erwidere: „Auch damit bin ich nicht einverstanden, aber wir beenden die unerfreuliche Diskussion jetzt und ich kläre den Sachverhalt juristisch nach dem Urlaub." Die Dame füllt einen Zettel aus, mit dem wir zum „Ticketschalter" der Fluggesellschaft gehen. Dort hören wir, nachdem die Bedienstete in ihrem PC unsere Buchungsnummer aufgerufen hat: „Sie haben 15 kg Sondergepäck angemeldet." „Wie schön, dass Sie uns das bestätigen, aber es wird von Ihren Kolleginnen bei der Gepäckaufgabe nicht akzeptiert." „Was haben Sie denn für Sondergepäck?" „Sportgepäck, einen Koffer mit 15 kg Tennissachen." „Einen ganz normalen Koffer?" „Ja, aber ausschließlich mit Tennissachen darin." „Nein, das ist kein Sportgepäck, da hat die Kollegin Recht. Und wieso berechnet sie jetzt nur 10 kg Übergewicht?" „Sie möchte großzügig sein." „Na, dann machen wir das doch mal." „Bitte sofort auch für den Rückflug, denn die Diskussion möchte ich nicht auch noch am Flughafen in Lissabon führen." Mit meiner Kreditkarte bezahle ich 2 x 10 kg x 10 €, also 200 €. „Sportsondergepäck Klein" kostet 70 €. *„Wir möchten, dass Sie auch auf Ihren Reisen Ihren Sport ausüben können"*, schreibt die Fluggesellschaft, hält sich aber leider nicht an die eigene Werbung. Gut, dass ich Jurist bin – der Fall wird nach der Urlaubszeit geklärt.

„Park, sleep and fly" ergibt kein neues Problem; Hotel, Zimmer, Restaurant, Parkplatz und der Taxitransport zum Flughafen sind lobenswert. Da wir ja schon eingecheckt haben und frühzeitig am Flughafen sind, können wir völlig entspannt noch durch das Gebäude gehen. Plötzlich sagt meine Engelhafte: „Da, sieh mal, Reklame von einem Elektrofachgeschäft. Irgendwo gibt es hier einen Laden. Komm, den suchen wir, vielleicht haben die dort

Navigationsgeräte." Wir folgen den Wegweisern und stehen schließlich vor einem Warenautomaten. Der ist voll mit Elektro-Kleingeräten bestückt, tatsächlich unter anderem auch mit Navigationsgeräten. Darauf lese ich: „Mittel- und Westeuropa, Karten für 19 Länder." Das ist ja interessant gemacht; es erinnert mich an die alten Schallplattenautomaten in Gaststätten. Ich tippe die Nummer des gewünschten Artikels ein, per Roboterarm wird er aus der Ablage geholt - klack, liegt das Navi im Ausgabefach, natürlich erst, nachdem ich mit EC-Karte bezahlt habe. Glücklich halte ich das Navi in den Händen. Nun schaue ich auf die Verpackung und bin schockiert: „So ein Mist, bei den 19 Länderkarten fehlt ausgerechnet Portugal!" Es gilt mal wieder der Spruch: „Himmelhoch jauchzend – zu Tode betrübt." Genau so fühle ich mich in diesem Moment. „Vielleicht nimmt die Firma das Gerät zurück", macht meine Engelhafte mir dann Hoffnung. Kopfschüttelnd spazieren wir weiter. Plötzlich sehen wir den Warenautomaten eines anderen Elektrofachgeschäftes, mit Navigationsgeräten, Karten für 22 Länder! „Und das versuchen wir jetzt auch noch!" entscheidet die Engelhafte, bevor ich eventuell über die wachsenden Geldausgaben nachdenke. Als ich das nun inzwischen dritte Gerät (incl. des Navis, das zu Hause in der Schreibtischschublade liegt) in den Händen halte, stelle ich erleichtert fest: „Portugal, ja!"

Es ist für uns nun schon überraschend, dass der Flug nach Lissabon pünktlich und problemlos verläuft. Na gut, die Fluggesellschaft muss anscheinend kräftig sparen; es gibt keine Tages- oder sonstige Zeitung an Bord, wie es eigentlich üblich ist. Stattdessen blättere ich in einem Magazin der

Fluggesellschaft und werde auf der zweiten Seite vom Vorstandsvorsitzenden mit einem Geleitwort gegrüßt. Klar, er weist darauf hin, wie gut sein Unternehmen ist. Ob er wohl Golf oder Tennis spielt? Ob ihm bekannt ist, dass der Slogan *„Wir möchten, dass Sie auch auf Ihren Reisen Ihren Sport ausüben können"* für Tennisspieler am Gepäckschalter nicht gilt? Ich nehme mir spontan vor, ihn darüber nach dem Urlaub mal in Kenntnis zu setzen. Zwei kleine Schwankungen des Flugzeuges beim Landeanflug, die uns etwas irritieren, sind wohl durch für uns nicht erkennbare Turbulenzen oder noch nicht ganz ausgereiftes Können des Piloten bedingt, aber wir landen sicher. Die Gepäckausgabe dauert zwar länger als erhofft, erfolgt jedoch in einem noch vertretbaren Zeitrahmen.

Beim Mietwagen-Schalter geht es zügig. Als wir dann mit unserem Gepäck zum Stellplatz für die Mietwagen kommen, spricht uns ein junger Mann an: „Car?" „Yes." „Please give me the key." Wie bitte, wir sollen ihm den Autoschlüssel geben? Meine Engelhafte und ich sehen uns irritiert an, zögern und schütteln fast gleichzeitig die Köpfe. Die Reaktion ist dem jungen Mann anscheinend bekannt. In fließendem Englisch erklärt er uns, dass er Mitarbeiter der Mietwagenfirma sei, den Wagen jetzt gerne für uns hole und hier zu diesem Treffpunkt bringe. Als „Vertrauensbeleg" verweist er darauf, dass auf seinem Arbeitsanzug ein Firmenlogo steht. Ganz überzeugt bin ich noch nicht, aber dann bemerke ich, dass sich etwa 10 Meter entfernt ein Büroraum der Mietwagenfirma befindet und ein Mann das Geschehen von dort aus durch eine große Glasscheibe beobachtet. Ich lächele unseren Gesprächspartner an und gebe ihm den Autoschlüssel. Etwas Zeit vergeht, in der unsere Unruhe zunimmt. Ein schwarzer Wagen, Typ C, kommt um eine Kurve, hält und der junge Mann steigt aus. Er hilft beim Verpacken der Koffer und gibt mir, englisch, noch einige Erklärungen zum Auto. Das ist so gut wie neu; es sind damit noch keine 1000 KM gefahren worden. Als ich dem jungen Mann „Trinkgeld" gebe, fällt er fast vor mir auf die Knie, na, nicht ganz, aber er schaut mich mit großen, strahlenden Augen an und schüttelt mit beiden Händen intensiv meine Hand. Ob ich heute wohl der erste Deutsche bin, der ihm etwas Geld gegeben hat?

Nachdem wir die „Rent-a-car-Halle" verlassen haben, halte ich an, um das Navigationsgerät in Betrieb zu nehmen. Bei der Länderwahl tippe ich auf „Portugal". Die Karte wird geladen. Nach Eingabe des Zielortes Cascais wird die Route berechnet – das sieht doch gut aus. Dann beginnt eine weibliche Stimme in portugiesischer Sprache Anweisungen zu geben; wir verstehen natürlich kein Wort. Na, die Route wird ja auch angezeigt, fahren wir eben nach Karte. Das geht etwa einen Kilometer gut. Beim dann auftauchenden riesigen Kreisverkehr mit sechs Ausfahrten ist unklar, ob wir die zweite oder dritte Ausfahrt nehmen müssen. Nachdem ich zweimal durch den Kreisverkehr gefahren bin, biege ich an der dritten Ausfahrt ab. Nach circa einem weiteren Kilometer redet die portugiesische Stimme recht wild auf uns ein und die Kartenführung zeigt uns an: „Zurück zum Kreisverkehr!" Dort nehme ich die Ausfahrt „zum Flughafen". Meine Engelhafte versteht das nicht. „Wenn vorhin die dritte Ausfahrt falsch gewesen ist, dann muss es eben die zweite sein", argumentiert sie durchaus logisch richtig. Ich erwidere aber: „Ohne deutsche Sprachführung macht das Fahren mit dem Navi keinen Sinn; es muss mir irgendwie gelingen, die Sprache anders einzustellen." Bei der ersten Haltegelegenheit parke ich, zwar in zweiter Reihe, also vermutlich in verkehrswidriger Weise, aber so stehen mindestens noch vier weitere PKW, leer, ohne Fahrer oder Beifahrer. Ich könnte bei Bedarf ja sofort weiterfahren. Nun, ich schalte das Navigationsgerät aus und an. Prompt meldet sich die portugiesische Stimme. Ich trenne das Navi vom Stromanschluss (Zigarettenanzünder). Beim erneuten Hochfahren wird wieder nach dem gewünschten Land gefragt. Dieses Mal tippe ich auf „Germany". Als ich dann als Zielort „Cascais" eingebe, wird die Fahrtroute zu unserer großen Freude auch berechnet und wir bekommen Routenangaben in deutscher Sprache. Na bitte, geht doch!

Nach Cascais fahren wir ganz überwiegend auf einer Autobahn. Überrascht werden wir, als wir zweimal Maut zahlen müssen. Das ist uns für Portugal nicht bekannt gewesen. 42 Minuten später kommen wir, mental erleichtert, am Hotel in Cascais an. Die junge Frau an der Rezeption ist, in englischer Sprache, sehr freundlich und erledigt die Formalitäten zügig. Der erste, wichtige Eindruck ist somit positiv. Dann lächelt die Dame uns an und sagt: „You have room number 259." Ich stutze: „Room number? We have booked an appartement." Weiterhin lächelnd erklärt uns die junge Frau auf Englisch, dass zurzeit leider kein Appartement zur Verfügung steht, wir deshalb zunächst in einem Hotelzimmer untergebracht werden. „Die Appartements werden zurzeit renoviert und es gibt noch irgendwelche

Probleme mit dem Wasser. Vielleicht habe ich morgen eine schöne Lösung für Sie, fragen Sie morgen nach." Wir sind völlig frustriert – erst das vergessene Navi, dann der Ärger mit der Fluggesellschaft, gefolgt mit den Problemen im ersten Kreisverkehr und jetzt auch das noch! Der Raum 259 ist etwa 20 m² groß, überhitzt, bietet aber immerhin einen schönen Blick auf die Golfanlage des Hotels. Wir packen nur die Sachen aus, die wir für eine Übernachtung benötigen, lassen alles andere in den Koffern. Beim Abendessen halten wir vergeblich Ausschau nach dem im Katalog für Halbpension in Aussicht gestellten Büffet. Wir werden vom Ober nach unserem „Voucher" gefragt, dem Nachweiszettel, dass wir Halbpension gebucht haben. „Sorry, we have no voucher." „Oh, wait a moment." Der Ober setzt sich mit der Rezeption in Verbindung und bekommt von dort die Bestätigung, dass mit unserem Wunsch nach einem Abendessen für zwei Personen alles in Ordnung ist. Wir erhalten eine Menükarte. Sie enthält zur Auswahl: verschiedene Vorspeisen, zwei vegetarische, zwei Fisch- und zwei Fleischgerichte sowie verschiedene Dessertangebote. Natürlich werden wir vom Ober auch nach unseren Getränkewünschen gefragt. Nach unserer Bestellung erhalten wir als erstes Brot, Butter und Oliven. Zwischen Vorspeise und Hauptgericht wird noch „eine kleine Überraschung der Küche" serviert, sehr dekorativ zubereitet und sehr schmackhaft. Auch das Hauptgericht, Steak, ist genau so, wie es sein soll. Der gewählte Rosé-Wein und das Wasser ohne Kohlensäure sind gut temperiert. Das Dessert ist köstlich. Also, der erste Eindruck vom Restaurant ist durchaus positiv, auch ohne das erhoffte Büffet. Als wir auf das Zimmer Nr. 259 zurückkommen, erleben wir eine Überraschung: eine Flasche

Sekt und ein großes Stück Tiramisu stehen dort „zu unserer Begrüßung". Eigentlich sind wir ja gesättigt, aber das Tiramisu lächelt uns doch zu verführerisch an.

Beim Frühstück am nächsten Morgen gibt es alles, was man in solch einem Hotel erwarten kann: Kaffee, Tee, verschiedene Brot- und Brötchensorten, Wurst, Käse, Rührei, Marmelade, Müsli, Joghurt, Obst, Säfte, Kuchen, das ist in Ordnung. Nach dem Frühstück gehen wir erwartungsvoll zur Rezeption und hören: „Ich habe eine gute Nachricht – Sie können in die Villa 63 umziehen!" Die freundliche Dame gibt uns einen Übersichtsplan der Hotelanlage und zeigt uns darauf, wo die Villa 63 ist, etwa 2 Kilometer vom Hotel entfernt. Wir erhalten den Hausschlüssel und machen in Richtung der Villa einen Morgenspaziergang. Am Abend zuvor haben wir uns schon darauf verständigt: „Wenn wir ein Appartement bekommen, sehen wir uns das erst einmal an, bevor wir mit den Koffern umziehen. Wer weiß, wie es dort aussieht, nachdem es Wasserprobleme bei den Renovierungsarbeiten gegeben hat." Nach einiger Zeit des Gehens stelle ich fest: „Wir müssten doch schon da sein, ich befürchte, wir haben einen falschen Weg gewählt." Ich schaue auf den Plan der Anlage und meine: „Da, hätten wir nicht dort den Abzweig nehmen müssen?" Meine Engelhafte ist zwar anderer Ansicht, aber wir gehen etwa 15 Minuten die Strecke zurück. Dann schaue ich wieder auf den Plan und schüttele verzweifelt den Kopf: „Jetzt ist alles klar. Wir sind vorhin doch richtig gewesen, wir hätten nur noch etwa 100 Meter weiter gehen müssen." Meine Engelhafte ist so schlau, sich eines Kommentars zu enthalten. Sie weiß, dass ich mich auch so schon ziemlich über mich ärgere. Wir legen die Strecke ein weiteres Mal zurück, gehen etwa 100 Meter weiter als vor einer halben Stunde und finden Villa 63. Als wir die Tür öffnen, kommt uns der Duft einer frisch renovierten Wohnung entgegen. „Na ja, mal kräftig lüften, dann ist das bestimmt in Ordnung", sage ich. So frisch renoviert, macht die Villa einen ersten guten Eindruck. Im Erdgeschoss sind eine Küche mit Kühlschrank und Induktionsstrom-Herd, ein Esstisch, auf dem ein gefüllter Obstkorb steht, ein Wohnraum mit einem Flachbildschirm-Fernseher sowie ein WC-Raum mit Dusche und Waschbecken. Über eine Steintreppe geht es in die obere Etage. Dort befinden sich zwei große Betten, ein recht großer Schrank und ein Badezimmer mit Wanne, Waschbecken, WC und Bidet. Doch, das entspricht unseren Erwartungen: „Wir ziehen um."

Beim Rückweg zum Hotel verlaufen wir uns nicht. Dann sind wir natürlich froh, den Mietwagen zu haben. Das Angebot, Hotelpersonal könne uns beim Umzug behilflich sein, nehmen wir nicht in Anspruch. Als wir beginnen, unsere Kleidung im Schrank unterzubringen, stellen wir fest, dass dort nur einige wenige Kleiderbügel vorhanden sind. Ich fahre die zwei Kilometer zur Rezeption und frage, ob wir weitere Bügel bekommen können. „Selbstverständlich! Wie viele möchten Sie noch haben?" „Zehn." „In Ordnung, wird veranlasst." Als ich, recht froh gestimmt, in die Villa 63 komme, begrüßt mich die Engelhafte: „Sieh mal hier." Sie steht im Wohnraum und zeigt auf die Sitzgarnitur. Ich verstehe nicht sofort, was sie meint. „Schau doch mal genau hin!" Da fällt es mir auf: Die Garnitur hat überhaupt keine Rückenlehne! „Ein netter junger

Mann war soeben hier, wohl ein Hotelmanager. Er hat sich dafür entschuldigt, dass die Garnitur falsch angeliefert worden ist; niedriger und selbstverständlich mit Rückenlehne müsse sie sein. Die Lieferung ist reklamiert, aber er weiß nicht, wann die richtige Garnitur kommt." Ich teste jetzt mal das Sitzen. Es ist sehr unbequem, die Rückenlehne fehlt spürbar. Wenn ich mich bis ganz nach hinten setze, hängen die Unterschenkel in der Luft. Es ist ein Liegesofa, auf dem eine weitere Person schlafen kann, ohne Rückenlehne aber ist es zum Sitzen völlig ungeeignet – die nächste Enttäuschung!

Sie wird sogleich aber noch getoppt: In der Nachbarvilla sind Renovierungsarbeiten offensichtlich noch nicht abgeschlossen. Wir hören, dass in der Wand gebohrt, im Raum gesägt und gehämmert wird. Ich sage: „Komm, wir lassen jetzt mal erst alles stehen und liegen, fahren nach Cascais in die City und kaufen ein paar Sachen ein, Wasser, Wein, Obst, Naschsachen." Meine genervte Engelhafte ist sofort einverstanden.

Wir fahren, als wir meinen, die City erreicht zu haben, in eine Tiefgarage. Beim anschließenden Spaziergang stellen wir fest, dass die Tiefgarage doch noch ein ordentliches Stück weg von der Stadtmitte entfernt gelegen ist. „Aha, deshalb sind uns die Parkgebühren so günstig vorgekommen." Nun, die Sonne scheint, da gehen wir doch gerne spazieren. Im Regelfall hält meine Engelhafte in fremden Städten zuerst immer Ausschau nach „ i ", dem Tourist-Informationszentrum. Auch in Cascais macht sie es bald ausfindig. Eine nette junge Frau gibt ihr den gewünschten Stadtplan. Im weiteren Gespräch, auf Englisch, wird empfohlen, nicht mit dem Auto, sondern per Eisenbahn nach Lissabon zu fahren. Es gibt ein interessantes Komplettangebot: „Cascais - Lissabon hin und zurück, in Lissabon Benutzung sämtlicher öffentlicher Verkehrsmittel, freier Eintritt in zahlreichen Museen, bei anderen Museen und Einrichtungen 20 oder 30 % Preisnachlass". Na, da kann meine Engelhafte doch gar nicht nein sagen. Mir schwanen zahlreiche Museumsbesuche. Als wir „ i " verlassen haben, erklärt mir die Engelhafte: „Ich möchte nur in das Gulbenkian-Museum. Gulbenkian war der Sohn reicher Armenier. Er studierte in Marseille und London, wo er das Ingenieurstudium am King's College mit Auszeichnung bestand. Er nahm die britische Staatsangehörigkeit an, entwickelte sich zu einem Ölexperten, wurde reicher und reicher, lebte von 1915 bis 1942 in Paris. Er sammelte fleißig Gemälde und Skulpturen. 1942 floh er aus dem von den Deutschen besetzten Paris nach Lissabon; dabei gelang es ihm, seine Kunstsammlung mitzunehmen. In Lissabon lebte er bis zu seinem Tode 1955 in einem Hotel. In dem 1969 eröffneten Museum sind etwa 6000 Kunstwerke mit unschätzbarem Wert." So, das weiß ich jetzt auch schon mal. Selbstverständlich hat die Engelhafte bereits zu Hause im Stadtplan von Lissabon herausgefunden, wo das Museum liegt. „Du, da ganz in der Nähe ist außerdem ein Kaufhaus von El Corte Inglés. Erinnerst Du Dich daran? Wir sind in Marbella mal in solch einem Kaufhaus gewesen und haben das ganz toll gefunden." „Also, ich kann mich daran nicht erinnern, aber wenn Du das sagst, wird es wohl so gewesen sein." „Da hast Du mir doch eine schicke rote Bluse und eine weiße Kapuzenjacke mit roten Streifen gekauft. Die Bluse habe ich neulich noch zum schwarzen Hosenanzug angehabt. Schade, ich habe sie nicht mit hierher genommen." „Du möchtest mir also ankündigen, dass Du auch in Lissabon bei El Corte Inglés Ausschau nach etwas Anziehbarem halten wirst?" „Na, vielleicht finden wir dieses Mal etwas Schönes für Dich." „Ich brauche nichts."

Wir bummeln noch etwas durch die City von Cascais. Dabei finden wir ein großes Einkaufszentrum, in dem sich auch ein Supermarkt befindet. Wir kaufen eine Sechserpackung 0,33-Liter-Flaschen Wasser ohne Kohlensäure, zwei entsprechende 1,5-Liter-Flaschen, zwei 1-Liter-Flaschen Cola, zwei Flaschen Rotwein, eine Flasche Cognac und etwas Knabberzeug. Die 0,33-Liter-Flaschen sind für unterwegs auf den geplanten Touren vorgesehen, die großen Flaschen für das Villa-Leben, der Rotwein für die Zeiten nach dem Abendessen, dazu gehören dann die Knabbersachen, Cognac soll den Magen vor dem Schlafen beruhigen. Beim Rotwein haben wir zwei verschiedene Sorten gewählt, da wir ja noch nicht wissen, wie sie uns schmecken. Mit diesen Einkäufen beladen, machen wir uns auf den Weg zur Tiefgarage. Infolge des Schleppgutes kommt uns die Strecke weiter als beim Hinweg vor. Als wir dann später mit dem Auto bei der Villa 63 ankommen, müssen wir feststellen, dass sämtliche Parkplätze vor den umliegenden Villen besetzt sind. Die Parkplätze befinden sich am Ende einer schmalen Sackgasse in einem Halbkreis. In Deutschland wäre das der Wendehammer, aber hier wird in dem Halbkreis geparkt, bei unserer Ankunft leider so, dass für unseren Urlaubswagen kein Platz mehr frei ist. Ich lasse die Engelhafte aussteigen; sie nimmt schon mal einen Teil der Einkaufwaren mit. Nach mehrmaligem Vor- und Zurücksetzen auf dem schmalen Weg gelingt mir das Wenden des Fahrzeuges. Etwa 150 Meter von „unserer" Villa 63 entfernt finde ich eine Parkmöglichkeit. Beim Tragen der zwei großen Wasser- und der Rotweinflaschen denke ich: „Nur gut, dass der Parkplatz frei gewesen ist, als wir mit den Koffern hier angekommen sind."

Wir packen die Koffer weiter aus. Im Nebenhaus wird weiterhin hörbar gearbeitet. Im Kleiderschrank sind zehn neue Kleiderbügel, na, zumindest der Service funktioniert. Als ich die linke Schranktür öffne, sehe ich, dass dort ein kleiner Safe vorhanden ist. Das genauere Hinsehen ergibt: Der Safe ist abgeschlossen, aber es ist weder ein Schlüssel noch ein Nummernschloss vorhanden. Da gibt es also erneut etwas an der Rezeption zu klären. Als wir das Einräumen des Schrankes geschafft haben, wollen wir uns auf der Terrasse von der Arbeit und dem Lärm aus der Nachbarvilla erholen. Zunächst ist herauszufinden, wie man denn das Eisentor, das vor der Terrassentür angebracht ist, öffnen kann. Nach einigen vergeblichen Versuchen drücke ich eher zufällig auf einen Schalter, der einen Summton auslöst. Das Eisentor öffnet sich dabei aber nicht automatisch. Ich bitte meine Engelhafte: „Drückst Du mal gegen das Tor, während ich hier den Summer auslöse?" Ha, so klappt es! Wir gehen auf die Terrasse, schauen nach links, nach rechts, gehen um eine Mauer herum – nirgendwo stehen Terrassenmöbel. „Die haben sie gestern wohl vergessen, als sie hier mit der Renovierung fertig geworden sind", mutmaße ich. „Auch das werden wir nachher an der Rezeption klären." Zusätzlich geschockt sind wir außerdem dadurch, dass auf der Terrasse lauter Baulärm zu hören ist. Der kommt aber nicht aus der Nachbarvilla. Ich gehe ein paar Meter über die Terrasse hinaus und sehe, dass in etwa 50 Meter Entfernung eine Neubausiedlung entstanden ist, in der mit Baggern und ständig fahrenden LKW letzte Bodenarbeiten erledigt, offensichtlich Vorgärten angelegt werden. Wir gehen ins Haus, schließen die Terrassentür und schauen uns reichlich verzweifelt an. Solch einen Urlaub haben wir bisher noch nicht erlebt. „Wir hätten eben doch am Flughafen Düsseldorf umkehren sollen", versucht nun die Engelhafte zu scherzen oder ironisch zu sein. Wir setzen uns, unbequem, auf das Liegesofa. Die Engelhafte liest im Reiseführer, ich versuche, den Fernseher ans Laufen zu bringen. Die Fernbedienung funktioniert: Programm 1 ein spanischer, Programm 2 ein anderer spanischer, 3, 4, 5 und 6 portugiesische Sender, 7 ein französisches Programm, 8 ein russisches, 9 Al-Dschasira mit englischen Durchlauftexten, 10 nichts mehr. Es gibt weder einen deutschen noch einen englischen Sender. „Das verstehe ich nicht, gestern Abend im Hotelzimmer habe ich beim Fernsehzappen zwei englische und drei deutsche Programme, ARD, RTL 1 und 2, gefunden." Ich bemühe mich, bei Al-Dschasira den englischen Durchlauftext mitzubekommen. Die Hauptthemen sind mir bekannt: Bürgerkrieg in Libyen, Atomreaktor-Störfall in Japan nach dem Jahrhundert-Tsunami. Als ich in der Küche einen Schluck Cola trinke, fällt mir ein kleines Hinweisschild in portugiesischer und englischer Sprache auf: „Bitte spülen Sie nach Gebrauch Geschirr und Gläser." Tja, wie denn? Es sind weder Spülmittel noch Trockentücher vorhanden. Beim Durchsuchen der Schränke stelle ich fest, dass es keine Kaffeemaschine, keinen Toaster und keinen Wasserkocher gibt. Meine Engelhafte ergänzt: „Zwei Gläser habe ich nach oben ins Badezimmer gebracht, weil da keine Zahnputzbecher sind.“

Zum Abendessen fahren wir die zwei Kilometer mit dem Auto; zum Hin- und Hergehen sind wir heute nicht mehr genug motiviert. Wir melden uns an der Rezeption und werden gefragt, ob nun alles in Ordnung ist. „Leider nein! Es fehlen Kissen für den Rücken auf dem Sofa, es fehlen Möbel auf der Terrasse, es fehlen Kücheneinrichtungen, es fehlt der Safe-Schlüssel, stattdessen haben wir sehr viel Baulärm, der sowohl aus dem Nachbargebäude als auch aus der Neubausiedlung kommt. Schön wäre es außerdem, wenn jemand beim Fernseher ein deutsches Programm einstellen könnte.“ Die nette junge Dame notiert alles: „Ich kümmere mich um die fehlenden Dinge. Die Bauarbeiten sind vermutlich morgen beendet. Hier sind nun Ihre Vouchers für das Abendessen. Ich wünsche Ihnen einen guten Appetit und ab morgen einen schönen Aufenthalt bei uns.“ Im Restaurant erhalten wir nicht nur denselben Zweiertisch vom Vorabend, sondern auch dieselbe Menükarte. Na, immerhin haben wir heute einen Voucher, den wir dem Ober geben können. Der Essensablauf entspricht fast dem des Vorabends: Brot, Butter, Oliven, Vorspeise, kleine Überraschung der Küche, Hauptgericht, Dessert. Der Engelhaften hat Steak gestern so gut geschmeckt, dass sie es wieder als Hauptgericht wählt. Ich probiere heute Hühnchenfleisch. Ja, das ist auch sehr lecker zubereitet. Das Dessert, bei dem wir heute etwas anderes auswählen, lässt allerdings lange auf sich warten. Der Ober fragt, ob wir noch etwas zu trinken haben möchten. Etwa zehn Minuten später informiert er uns, dass bei der Zubereitung des Desserts leider etwas schief gelaufen ist. Er bittet uns um Verständnis und noch ein wenig Geduld. Nach weiteren fünfzehn Minuten Wartezeit kommt der Küchenchef persönlich und bringt uns ein zauberhaft dekoriertes Dessert. Er entschuldigt sich für die Verzögerung. Der Augenschmaus und köstliche Geschmack gleichen die Verspätung weitgehend aus. Als wir zur Villa 63 zurückkommen, ist der Parkplatz vollkommen leer. Ich kann den Wagen problemlos wenden und parken. Beim Betreten der Villa stellen wir fest, dass eine Deckenlampe nicht angeht. Sekt und Tiramisu hat es für unseren Einzug in die Villa leider nicht gegeben, aber es ist ja auch recht spät geworden und wir sind sowie satt.

Am nächsten Morgen werden wir erst nach 08:00 Uhr wach. Erfreut registrieren wir, dass die Dusche in dem Parterre funktioniert. Die Sonne scheint, wir machen einen Frühspaziergang zum Hotel. Um ca. 09:15 Uhr sind wir im Frühstücksraum; dort ist es ziemlich leer und ruhig. Das Essensangebot ist genau so umfangreich wie am Vortag. So macht Urlaub doch Spaß! Nach dem Frühstück fragen wir bei der Rezeption, wie wir zu den nahegelegenen Tennisplätzen kommen. Vom Hotel aus sind die zwar zu sehen, aber zwischen Hotel und Sportanlagen befindet sich eine Großbaustelle, durch die der Weg zu den Tennisplätzen offensichtlich weggefallen ist. „Da müssen Sie links an der Baustelle vorbei bis zu einem großen Absperrtor gehen. Neben dem Tor ist ein kleiner Durchgang für Fußgänger. Dann gehen Sie weiter am Baugelände entlang. So gelangen Sie zur Sportanlage." Ganz so flüssig, wie die Wegebeschreibung hier geschrieben steht, verläuft sie allerdings nicht. Der Bedienstete an der Rezeption, heute Morgen ist es ein Mann, spricht Englisch nicht so gut wie seine Kollegin. Und ich stelle fest, dass mir ein Auffrischungskurs für Englisch vor dem Urlaub sicherlich nicht geschadet hätte.

Hand in Hand marschieren meine Engelhafte und ich zur Sportanlage. Wir benötigen etwa 15 Minuten. „Solch eine Strecke die Tennissachen schleppen? Nee, das machen wir nicht. Wir werden erkunden, wie man mit dem Auto hierher kommt.“ Außer Tennisplätzen sehen wir ein großes Hallenbad, einen Saunabereich und ein großes Fitness-Studio. Vielleicht gibt es noch weitere Einrichtungen, aber uns interessieren hauptsächlich ja nur die Tennisplätze. Vor dem Hallenbad sind ein Shop mit Sportsachen und ein Büro. „Hello, do you speak english or german?“ „In english, please.“ Wir fragen, ob es freie Zeiten auf den Tennisplätzen gibt und was eine Stunde denn kostet. „Eine Platzbelegung ist zurzeit gar kein Problem. Die Stunde kostet 14 Euro pro Person.“ Ich weiß nicht genau, ob ich bei der Preisnennung sichtbar zusammengezuckt bin oder ganz cool Haltung bewahrt habe. Ich bedanke mich für die Information und sage: „Wir melden uns dann in den nächsten Tagen.“ Als wir außer Hörweite sind, spricht die Engelhafte meine Gedanken aus: „Die spinnen doch wohl, 28 Euro für eine Stunde und nebenan Baustellenlärm!“ „Wir fragen an der Hotelrezeption, ob wir dort Plätze reservieren können. Die haben doch wahrscheinlich ein Platzkontingent für ihre Gäste und einen Sonderpreis“, erwidere ich. Zunächst gehen wir zur Villa 63. „Zumindest ist es ein schöner Spaziergang gewesen“, bewerte ich das Positive.

Die Reinigungsdamen sind, wie wir feststellen, noch nicht in der Villa gewesen; aber die Handwerker im Nebengebäude sind wieder sehr fleißig und laut hörbar tätig. Nachdem wir uns ein wenig erfrischt haben, beschließen wir, uns die große Hotelanlage mal genauer anzusehen. Wir sind heute ja gut zu Fuß unterwegs. Als erstes gehen wir zu der Neubausiedlung, aus der wir auf der Terrasse den Baggerlärm vernommen haben. Wir stellen fest: „Die neuen Häuser sehen toll aus, das werden Luxusappartements." Mitten in einem großen Teich sprudelt ein hübscher Springbrunnen. Ein Schwimmbecken ist fertig und lädt schon zum Baden ein. „Das da scheint ein neues Restaurant für diese Anlage zu sein. Schade, dass die Anlage noch nicht in Betrieb ist. Zu dem Restaurant könnten wir in zwei Minuten zu Fuß gehen." „In Betrieb ist die Anlage durchaus. Hörst Du nicht die Bagger und LKW?" „Sieh mal dort, die verlegen Rollrasen. So werden die Grünanlagen doch schnell hergerichtet." „Es fehlen aber noch Blumenbeete, damit es hier so richtig schön aussieht." „Die kommen garantiert auch noch. Die Häuser werden vielleicht zwei Nachteile haben." „Und die wären?" „Na, zum einen die großen Fensterfronten, da wird es vermutlich ziemlich warm im Sommer werden; also müssen Klimaanlagen vorhanden sein. Infolge der kalten Luft, die durch Klimaanlagen erzeugt wird, hat sich schon so mancher erkältet. Das mit dem Hitzestau gilt, zum zweiten, meines Erachtens umso mehr, weil die Häuser alle Flachdächer haben." „Ja, da könntest Du Recht haben." „Für uns kommen die sowieso nicht mehr in Betracht. Erstens werden sie für uns zu teuer sein, so nobel, wie die aussehen. Außerdem machen wir doch nicht zweimal am selben Ort Urlaub." „Das ist vermutlich das richtige

Ambiente für betuchte Golfspieler." „Und Golf wollen wir nicht mehr lernen, wir bleiben ja beim Tennis." „Auch für 28 Euro die Stunde?" Wir sind weitergegangen und kommen zu einem der Hotel-Golfplätze. „Super gepflegt", stelle ich fest. „Können wir denn da überhaupt her spazieren?" fragt die Engelhafte. „Klar, es gibt doch die Wege, auf denen die selber zum nächsten Abschlag gehen oder fahren." „Aber ist das nicht gefährlich? Ich habe keine Lust, einen Golfball an den Kopf zu kriegen." „Wir müssen dem jeweiligen Abschlag entgegen gehen, so dass wir gegebenenfalls fliegende Golfbälle genau beobachten können." „Ist das denn für Nicht-Golfer erlaubt?" „Das ist doch ein Hotelgelände und wir sind Hotelgäste." „Erinnerst Du Dich nicht an den Club an der Algarve, als einer mit dem Moped kam und uns sagte: Not allowed!" „Das war aber ein Privatgelände des Clubs, hier ist es Hotelgelände." „Na gut, aber ganz wohl fühle ich mich dabei nicht." Es spielen zurzeit anscheinend nur wenige Hotelgäste Golf, zumindest nicht dort, wo wir sind. Trotzdem ist meine Engelhafte erleichtert, als wir unbehelligt von fliegenden Golfbällen am Hotel ankommen.

Wir gehen zur Rezeption und fragen, ob wir dort Tennisstunden buchen können. „Ja, können Sie!" „Und was kostet eine Stunde?" „15 Euro pro Person. Möchten Sie eine Stunde buchen?" „Im Moment noch nicht, danke." Auf dem Rückweg zur Villa 63 wissen wir nicht, ob wir lachen oder schimpfen sollen: 30 Euro für eine Stunde! Das Hotel berechnet 2 Euro extra für die Vermittlung. Die Engelhafte hat schon eine Entscheidung getroffen: „Wir fragen mal bei „ i ", ob es anderweitig die Möglichkeit gibt, Tennis zu spielen. Am

Nachmittag fahren wir in die Stadtmitte von Cascais und parken den Wagen dieses Mal in der Tiefgarage beim Bahnhof, der sehr zentral gelegen ist. Als wir zu „ i “ kommen, kennt uns die nette junge Dame ja schon: „Hallo, wie geht es Ihnen?“ Wir erzählen ihr unser Erlebnis mit den Tennisplätzen. Auch sie ist erstaunt über die hohe Platzmiete. „Moment bitte, ich rufe mal beim Tennisclub Estoril an.“ Während des Gespräches, das sie natürlich in portugiesischer Sprache führt, gibt sie uns durch Kopfnicken bereits zu verstehen, dass es eine Lösung gibt. Dann sagt sie uns: „In Estoril kostet die Platzmiete 6 Euro pro Person.“ Sie nimmt einen Stadtplan und zeigt, wo die Tennisanlage in Estoril ist. Estoril ist der Nachbarort von Cascais. Wir sind natürlich begeistert, denn wir wissen, dass dort jährlich ein großes internationales Tennisturnier mit Spielern der Weltklasse stattfindet. Und auf den Plätzen können wir spielen? Wir bedanken uns ganz herzlich bei der „ i “ – Dame.

Beim anschließenden Bummeln durch die Altstadt von Cascais sehen wir in der Nähe des Hafens ein Restaurant, das unter anderem Eis anbietet. Es gibt dort auf dem Vorplatz schöne Schattenplätze, die so richtig zum Verweilen einladen. Meine Engelhafte stellt außerdem noch sehr erfreut fest: „Die haben eine Kaffeesorte, die mir besonders gut schmeckt!“ Wir nehmen Platz und bestellen: Zwei Cappuccino und zweimal Stracciatella-, Nuss- und Amarenaeis. Cappuccino und Eis sind hervorragend. Na, so allmählich kommt nun doch Urlaubsstimmung auf.

Wir fahren nach Estoril. Dabei spielt das eingeschaltete Navigationsgerät verrückt. Die Stimme behauptet nach einigem Kreuz- und Querfahren: „Ihr Ziel liegt rechts vor Ihnen." Wir befinden uns mitten in einem Wohngebiet, Tennisplätze sind weit und breit nicht zu sehen. Habe ich einen Fehler bei der Eingabe gemacht? Die Engelhafte nimmt den Stadtplan und leitet mich auf den richtigen Weg. Im Clubhaus ist gleich hinter der Eingangstür ein Büroraum, in dem eine ältere und eine junge Frau sitzen. Ich nehme Bezug auf den Anruf der Dame des Touristen-Informationscenters. „Ja, es gibt kein Problem, Sie können bei uns Tennis spielen. Wann möchten Sie denn spielen?" fragt die ältere Dame. „Können Sie uns bitte für Montagmorgen einen Platz für zwei Stunden reservieren?" „Montagmorgen? Ach, da sind fast alle Plätze frei. Eine Reservierung ist nicht nötig; kommen Sie, wann es Ihnen passt." „Um 10:00 Uhr?" „Ja, ja, das in Ordnung." „Dürfen wir jetzt mal einen Blick auf die Anlage werfen?" „Ja, sicherlich, schauen Sie sich um." Die Engelhafte und ich sind ziemlich überrascht, wie unkompliziert in diesem Club anscheinend alles läuft. Wir gehen einen Gang entlang, in dem Bilder großer Tennisstars hängen, die hier wohl schon gespielt haben. Auf einem Plakat wird das Turnier für 2011 angekündigt. Es beginnt kurz nach unserem Urlaub. An Nr. 1 ist der Schwede R. Söderling gesetzt, derzeit immerhin Nr. 5 der Weltrangliste. Und wir dürfen hier für 12 € / Std. spielen, prima! Wir sehen dann zwei Räume, in denen an zahlreichen Tischen Bridge gespielt wird. Ein Schild „Quiet please!" bittet für die Kartenspieler um Ruhe. Dann folgt ein Restaurant. Dazu gehört eine Terrasse, von der aus man über die Anlage schauen kann. Es gibt dort 14 Freiluft- und 4 Hallenplätze. Die

Sandplätze machen alle einen guten Pflegeeindruck. Ja, hier zu spielen wird uns bestimmt gefallen. Wir winken den beiden Frauen im Büro zu und finden auf Anhieb, ohne Navi, den Weg nach Cascais. Bis zur Villa 63 benötigen wir weniger als 20 Minuten, also nur fünf Minuten mehr als beim Fußmarsch zu den Tennisplätzen, die vom Hotel angeboten werden. Die Alternativsuche hat sich gelohnt.

Im Wendehammer vor den Villen 62 – 66 sind wieder alle Parkplätze besetzt. In Villa 62 wird weiterhin fleißig gearbeitet. In Villa 63 gibt es weder Kissen für den Rücken auf dem Sofa im Wohnbereich noch Möbel für die Terrasse noch einen Safe-Schlüssel. Schade, das mit den zehn Kleiderbügeln hat besser funktioniert. Vor dem Abendessen erfahren wir an der Rezeption: „Rückenteile für die Sofas gibt es leider nicht. Die Safe-Nutzung in der Villa ist auch nicht möglich. Es gibt aber einen Safe-Raum hier bei der Rezeption. Da ist ein Fach frei, möchten Sie das vielleicht nutzen?" „Ja, gerne." „Terrassenmöbel haben Sie nicht bekommen? Darum kümmere ich mich. Ich wünsche Ihnen guten Appetit." Im Restaurant erhalten wir die uns schon bekannte Menükarte. Heute, Freitag, entscheiden wir uns für das Fischangebot, die Engelhafte für das eine, ich für das andere, so dass wir uns ein Urteil über beide Angebote machen können. „Ich vermute, die wechseln die Menükarte am Montag, also wöchentlich", vermute ich. „Das glaube ich nicht. Die meisten Gäste bleiben wohl höchstens eine Woche, da reicht die eine Karte. Ein Vierzehntageaufenthalt ist anscheinend ungewöhnlich." Die „kleine Überraschung der Küche" zwischen Vorspeise und Hauptgericht ist wieder sehr gelungen; auch die beiden

Fischgerichte sind sehr schmackhaft. Als der Ober nach dem Dessertwunsch fragt, schmunzel ich und sage: „Was halten Sie von dem Dessert, das wir gestern gehabt haben?" Er ist schlagfertig, schmunzelt auch: „Das kann ich Ihnen nicht empfehlen, dafür benötigt die Küche fast eine Stunde." Wir lachen zu Dritt. Da die Engelhafte und ich Abwechslung mögen, bestellen wir ein anderes Dessert. Es wird etwa fünf Minuten später serviert und schmeckt köstlich.

In Villa 63 gibt es weiterhin kein deutsches Fernsehprogramm. Wir verbringen den Abend dann lesend; das ist ja keine schlechte Alternative. Beim Sitzen behelfen wir uns, indem wir eine lose Sitzfläche des Sofas und Kopfkissen aus den Betten als Rückenlehne nutzen. Besonders bequem ist das zwar nicht, aber deutlich besser als gar keine Rückenlehne zu haben. Wir beschließen, am nächsten Tag dem Risiko „Baulärm" zu entgehen und nach Lissabon zu fahren, allerdings, da dann Samstag ist, ohne Museumsbesuch, also ohne die Tageskarte, die wir bei „ i " erworben haben. „Da müssen wir aber früher als heute aufstehen, bitte stell den Wecker", äußert meine Engelhafte. „07:00 Uhr?" frage ich. „06:30 Uhr" „Okay, 06:45 Uhr."

Zum Frühstück fahren wir mit dem Auto. Um 07:35 Uhr ist es im Speiseraum des Hotels noch ziemlich leer, so dass es für uns keinen Stau am Büffet, somit keinerlei Zeitverzögerung gibt. Wir können das Frühstück in aller Ruhe genießen. Um kurz vor 09:00 Uhr sind wir am Bahnhof in Cascais. Hin- und Rückfahrt Lissabon kosten für zwei Personen 8,20 Euro. Das bewerten wir als preiswert. Zu den Bahnsteigen kommt man nur durch Glastüren, die sich öffnen, wenn man die Fahrkarte davor auf ein Lesegerät hält. Das beobachten wir bei anderen und staunen, dass sich die Tür für uns nicht öffnet. Auch der zweite Versuch scheitert. Da zeigt ein Mann mit seiner Hand nach oben: über der Tür, die wir vergeblich zu öffnen versuchen, leuchtet ein rotes X. Bei den Türen, die von den Portugiesen benutzt werden, leuchtet oben ein grünes X. Aha, darauf müssen wir also auch noch achten. Wir wechseln zu den Türen mit grünem X und schon akzeptiert das Lesegerät unsere Fahrkarte. Pünktlich um 09:12 Uhr fährt der Zug ab. Der Fahrplan, den die Engelhafte am Schalter erbeten hat, zeigt, dass die Fahrzeit samstags und sonntags 42, montags bis freitags 32 Minuten dauert. An den Wochenenden hält der Cascais-Zug an allen Stationen, an den Arbeitstagen wird ein zweiter Zug eingesetzt, der kleinere Stationen anfährt, bei denen der Cascais-Zug dann nicht hält. Die Fahrt geht überwiegend an der Atlantikküste entlang. „Gut, dass wir mit der Bahn fahren, so kannst Du die Gegend auch in Ruhe genießen", stellt meine Engelhafte fest. Etwa auf der Hälfte der Strecke wird es plötzlich lebhaft im Abteil: sechs (!) Kontrolleure kommen herein. „Kein Wunder, dass Portugal Finanzprobleme hat, wenn sich der Staat solch einen Aufwand leistet", sind wir uns danach einig. An der Endstation – Cais do Sodré – achten wir auf das grüne X an den Türen, halten die Fahrkarte auf den Leser und können problemlos passieren.

Ich habe im Reiseführer gelesen, dass man als Tourist in Lissabon unbedingt mit der Straßenbahn Linie 28 fahren soll; dabei lerne man die Stadt gut kennen. Meine Engelhafte hat daraufhin in Unterlagen, die sie bei „ i " erhalten hat, die

Metro-Route herausgesucht, mit der man am besten zur Linie 28 kommt. Also machen wir uns vom Bahnhof Cais do Sodré auf den Weg zur nahe gelegenen Metro-Station. Dort stehen wir zunächst ziemlich ratlos vor den Kartenautomaten; erfreulicherweise gibt es aber auch zwei Bedienstete, die behilflich sind. So kommen wir an Tagestickets, mit denen man alle öffentlichen Verkehrsmittel nutzen kann. Für zwei Personen kosten sie 7,80 Euro; auch das halten wir für günstig. Wir fahren dann mit der „grünen" Metro-Linie drei Stationen. Als wir aus der Tiefe mittels mehrerer Rolltreppen wieder ans Tageslicht gelangen, müssen sich die Augen kurze Zeit an den Sonnenschein gewöhnen. Die Engelhafte gibt vor, in welche Richtung wir zu gehen haben. Nach kurzer Zeit kommen wir zu einem großen Platz und sehen dort eine Linie 28 stehen. Wir legen einen kurzen Sprint ein, zeigen dem Fahrer unsere Tagestickets und haben freie Platzwahl. Da ich gelesen habe, dass die Linie 28 ständig mit Touristen überfüllt sei, haben wir anscheinend alles richtig gemacht, uns gleich am noch frühen Morgen für diese Fahrt entschieden zu haben. Das bestätigt sich innerhalb der nächsten zehn Minuten; denn von Haltestelle zu Haltestelle steigen immer mehr Fahrgäste ein, zwar wenige Touristen, aber jede Menge Portugiesen. Gut, dass wir Sitzplätze haben und als „Ältere" ja auch ungeniert sitzen bleiben können. Ich amüsiere mich über einen jungen „Trittbrettfahrer", der so, außerhalb der geschlossenen Tür, sich mehrere Stationen kostenlos transportieren lässt. Da sich außer mir sonst niemand für ihn interessiert, ist solch riskantes Mitfahren hier wohl üblich. Es stimmt, dass sich die Fahrt touristisch lohnt; sie geht an mehreren Sehenswürdigkeiten vorbei und durch ganz kleine Straßen, so, wie es in

Broschüren abgebildet ist. Ich mache während der Fahrt mehrere Fotos, sitze an einem geöffneten Fenster, so dass ich freie Sicht habe. Bis zur Endstation fahren wir fast eine halbe Stunde. Dort müssen wir aussteigen, steigen aber sofort wieder ein; so können wir dieselben Fensterplätze auch auf der Rückfahrt nutzen. Sie dauert, was uns zunächst nicht irritiert, etwas länger als die Hinfahrt. Irritiert sind wir dann allerdings, als wir nach dem Aussteigen den großen Platz nicht sehen, an dem wir vor etwa einer Stunde in die Linie 28 eingestiegen sind. Wir gehen ein Stück in die eine Richtung, kehren um, gehen in die andere Richtung. Die Linie 28 ist inzwischen weg, so dass wir den Fahrer nicht fragen können. Etwas ratlos sprechen wir Passanten an und fragen nach der Metro-Station. „Metro? Die gibt es hier nicht, die ist ziemlich weit weg.“ Nach weiterem Umherirren sehe ich eine Bus-Haltestelle. Da dort einige Menschen stehen, vermute ich, dass bald ein Bus kommen wird. Nach etwa fünf Minuten Wartezeit bestätigt sich meine Vermutung. Nachdem die anderen Wartenden eingestiegen sind, nehme ich Kontakt zu dem Fahrer auf und frage, ob er bis zu einer Metro-Station fährt. „Nein, da müssen Sie mit der Linie 30 fahren. Die hält dort drüben an der anderen Straße.“ Ich bedanke mich und bin froh, dass Busfahrer in Lissabon englisch Auskunft geben können. Wir gehen zur angewiesenen Bushaltestelle und freuen uns, dass wir auch hier nur rund fünf Minuten warten müssen. Der Busfahrer ist eine Busfahrerin. Vorsichtshalber fragt meine Engelhafte, ob sie in Richtung einer Metro-Station fährt. „Ja, mache ich.“ Wie schön und einfach ist es doch, dass wir die Tagestickets haben. An der vierten Haltestelle schaut die Busfahrerin zu uns und sagt: „Metro!“ Wir winken ihr beim

Ausstieg lächelnd zu. Sie zeigt uns noch per Handbewegung, in welche Richtung wir zu gehen haben. Nach etwa 150 Metern kommen wir an eine Straßenkreuzung und sehen auf der linken Seite das ersehnte Schild: „Metro-Station". Meine Engelhafte sagt: „Lass uns zu El Corte Inglés fahren." Wir fahren mit der „grünen Linie" bis zur Station Baixa-Chiado, wechseln dort in die „blaue Linie" und steigen an der Station Sao Sebastiao aus. „El Corte Inglés muss hier ganz in der Nähe sein", ist sich die Engelhafte sicher. Sie wird überrascht: die Rolltreppe aus der Metrostation bringt uns direkt zum Kaufhaus. Die Engelhafte ist begeistert. „Jetzt brauche ich mal erst einen Kaffee", gibt sie vor, wie es weitergeht. Zum Restaurant, das, wie sonst auch üblich, sich in der obersten Etage befindet, fahren wir mit dem Aufzug. Im Restaurant ist es so voll, dass freie oder frei werdende Plätze nur von Einweisern vergeben werden. Wir können also nicht einfach rein marschieren, sondern müssen warten, bis der „Türsteher" ein Zeichen bekommt, dass und wo ein Tisch zur Verfügung steht. Während an den Tischen rings um uns herum Kräftiges zu Mittag gegessen wird, bestellen wir zwei Cappuccinos und zwei Eisbecher. Sie sind „in Ordnung", aber in diesem besonderen Kaufhaus haben wir eigentlich einen noch etwas besseren Geschmack erhofft. Gut erholt und gestärkt starten wir unseren Rundgang durch das riesige Superkaufhaus. Meine Vermutung, bei der großen Auswahl werde die Engelhafte bestimmt „irgendetwas Schnuckeliges" finden, wird, erfreulicherweise für mich, nicht bestätigt. Zwar werden verschiedene Sachen schnell mal eben anprobiert, aber mein geduldiges Warten wird belohnt mit: „Passt nicht, sieht nicht aus, so etwas Ähnliches habe ich ja schon." Nach etwa 90

Minuten Rundgang auf allen Etagen beschließen wir, mit der Metro, die ja unterhalb des Kaufhauses hält, zum Marques de Pombal zu fahren. Dort beginnt die Avenida da Liberdade, die Hauptgeschäftsstraße in Lissabon. Ich sichere mich ab: „Wir bummeln aber nur noch die Straße entlang, gehen in kein Geschäft mehr rein."

Erfreut stelle ich fest, dass das Bummeln auf einem sehr breiten Grünstreifen in der Mitte der Avenida möglich ist. Links und rechts des Grünstreifens fließt der Verkehr durch Einbahnstraßenregelung. Auf dem Grünstreifen spenden zahlreiche Bäume reichlich Schatten, sehr angenehm bei 28 Grad. Wir genießen das Bummeln. Auf dem ersten Kilometer sind links und rechts ganz überwiegend nur Geldinstitute, Autohäuser, Hotels und Restaurants zu sehen, also nichts, was eventuell doch noch Begehrlichkeiten der Engelhaften wecken könnte. Auf den Bänken unter den Bäumen ruhen sich ältere Portugiesen aus oder flirten einige Liebespaare. Als dann links und rechts des Grünstreifens die Zahl der Juweliergeschäfte zunimmt, werde ich gefragt, ob wir jetzt mal einen Blick in die Fenster werfen sollen. Ich bewerte den Schattengang unter den Bäumen aber für sinnvoller. An seinem Ende beginnt das eigentliche Fußgänger- und Einkaufsviertel. Sind wir auf dem Grünstreifen fast alleine gebummelt, wird es auf den sich anschließenden Bürgersteigen schlagartig voll und lebhaft. Sicherheitshalber nehme ich mein Portemonnaie aus der Hosentasche und stecke es in eine Brusttasche mit Reißverschluss. Die Engelhafte umfasst ihre Handtasche fester. Auf der Rua do Oura sehen wir eine Menschenschlange auf dem Bürgersteig stehen. Neugierig geworden stellen wir fest, dass die Leute auf eine Fahrt mit dem Elevador Santa Justa warten – laut Reiseführer ein „Touristen-Muss". Dementsprechend stehen dort auch kaum Portugiesen, sondern Japaner, Engländer, Italiener, Spanier und Deutsche. „Da wir schon mal hier sind, machen wir die Fahrt auch", schlage ich vor. „Erst mal beobachten, wie lange man denn anstehen muss", ist die Engelhafte vernünftiger als ich. In dem Moment rücken die Wartenden ein großes Stück nach vorne. „Na, scheint ja recht zügig zu gehen", sind wir uns einig und stellen uns an. Das ist gut so, denn nur kurze Zeit später stehen bereits, geschätzt, zwanzig weitere Interessenten hinter uns. Unmittelbar hinter uns haben sich zwei ältere englische Ladys eingereiht. Während meine Engelhafte mit ihnen ins Gespräch kommt, stelle ich fest, dass es zwei Aufzüge gibt, die abwechselnd hoch und runter fahren. Pro Aufzug werden etwa 15 Personen transportiert. Für uns ergibt sich eine Wartezeit von circa zehn Minuten. Als der Aufzug kommt, in den wir einsteigen möchten, wird die Tür nicht geöffnet. Wir sehen durch das Eisengitter, wie zur anderen Seite hin eine Kindergruppe aus-, aber sogleich wieder einsteigt. Bevor wir uns darüber wundern, wird klar, dass nur noch schnell ein Gruppenfoto gemacht wird; dafür haben wir natürlich Verständnis. Als sich dann für uns die Gittertür öffnet, zeigen wir dem Fahrstuhlführer unsere Tagestickets. „Nein, die gelten hier nicht." Schade, aber einen Versuch ist es ja wert gewesen. Voller Spannung warten wir dann, was uns für 2x3 Euro Fahrtkosten geboten wird. Nachdem die historische Gittertür geschlossen ist, fahren wir wenige Sekunden nach oben. Wie, das ist es schon? Etwas irritiert steigen wir aus. Und wo, bitte schön, kann man hier den laut Reiseführer atemberaubenden

Blick über die Altstadt genießen? Wir gehen ein Stück über eine Art Brücke und kommen zu einem Restaurant. Raffiniert gemacht, aber wir wollen jetzt gar nicht in ein Restaurant. Wir gehen zurück Richtung Elevator und stellen fest: „Ah, wir müssen dort noch etliche Stufen einer Wendeltreppe hinauf zu einer Aussichtsplattform steigen." Als wir das geschafft haben, können wir bis zum Tejo sehen, auch auf die Altstadt, aber was ist daran so atemberaubend? Vielleicht ist ja der Wind gemeint, der jedenfalls recht kräftig bläst, als wir auf der Plattform sind. Vermutlich ist der Ausblick am Abend faszinierender, wenn man von hier oben auf ein Lichtermeer schaut. Der Elevator ist zwar ein Architekturmonument, jedoch finden wir die Reklame dafür im Reiseführer reichlich übertrieben. Die 6 Euro Fahrtkosten haben sich für uns nicht gelohnt, allerdings können wir über den Elevator in Lissabon jetzt mitreden.

Etwas enttäuscht, unsere Erwartungen sind zu hoch gewesen, fahren wir von der Oberstadt wieder zur Unterstadt. So allmählich verspüren wir eine gewisse Müdigkeit in den Beinen. Als wir zu einer Bushaltestelle kommen, hält dort ein Bus, der als Fahrziel Cais do Sodré ausgewiesen hat. Kurzentschlossen steigen wir ein; wir haben ja unsere Tagestickets. So erleben wir noch das Verkehrsgewimmel auf Lissabons Straßen; der Bus kommt immer nur meterweise voran. Vermutlich wären wir zu Fuß schneller am Cais do Sodré angekommen. Am Bahnhof achten wir natürlich auf das leuchtende „grüne X" oberhalb der Zugangstüren zu den Bahnsteigen. Der Zug nach Cascais fährt zehn Minuten später ab. Vom Zug aus sehen wir, dass im Hafen das Schiff „Queen

Elizabeth" liegt. Faszinierend ist auch der Blick auf die „Ponte 25 de Abril", die 2278 Meter lange, doppelstöckige Hängebrücke über den Tejo. Die Statue „Christo Rei", bei der eine 28 Meter hohe Christusfigur, auf Betonsäulen stehend, segnend die Arme Richtung Lissabon ausbreitet, ist vom Zug aus ebenfalls zu bewundern. Noch mehr erstaunt uns ein Gebäude am Ufer des Tejo, das sich während der Bahnfahrt optisch von links nach rechts neigt. Wie hat der Architekt bloß diese optische Täuschung bewirkt? Der Zug kommt pünktlich, genau 42 Minuten nach der Abfahrt, in Cascais an. Die „Ganztagesparkgebühr" in der Tiefgarage am Bahnhof beträgt zehn Euro.

Als wir zum Abendessen ins Hotelrestaurant kommen, überrascht uns der Ober mit dem Hinweis: „Wenn Sie möchten, können Sie Ihr Essen heute an einem Büfett auswählen." „Ja, das möchten wir gerne machen." Wir haben dabei dann noch den Vorteil, die ersten Gäste zu sein, so dass wir das Büfett in seiner Ganzheit auch optisch bewundern können. Wir wissen ja bereits, dass die Küche leckeres Essen zubereitet; bei dem Büfett wird diese Einschätzung eindrucksvoll bestätigt. Wir freuen uns, dass es jetzt das im Reisekatalog angekündigte Büfett gibt. Als wir wieder in Villa 63 sind, rufe ich per Handy meinen Bruder an. Ich teile kurz mit, dass es uns, mit den Einschränkungen bei der Ausstattung der Villa, gut geht. Hauptsächlich möchte ich aber gerne wissen, wie Dortmund, Schalke und Bayern München in der Fußball-Bundesliga gespielt haben; Al-Dschasira meldet das leider nicht.

Den nächsten Tag, Sonntag, haben wir uns als „Ruhetag"
vorgenommen. Das bedeutet für mich zunächst: ausschlafen.
Als ich nach 08:00 Uhr wach werde, stelle ich fest, dass meine
Engelhafte es so lange nicht im Bett ausgehalten hat. Sie ist
irgendwann vorher im Hotel-Bademantel leise nach unten
gegangen und hat sich schon eine Tasse Kaffee zubereitet.
Vermutlich hört sie, dass ich oben den WC-Wasserspüler
betätige; denn sie kommt, gut gelaunt, die Treppe hoch: „Na,
auch ausgeschlafen?" „Och, ich könnte mich gerne nochmal
ins Bett legen." „Nichts da, die Sonne scheint und lacht Dich
schon aus." Den 2-KM-Weg zum und nach dem Frühstück
nutzen wir als Spaziergang. Bei der Rezeption werden wir
gefragt, ob denn nun alles in Ordnung sei. „Leider nein, wir
haben immer noch keine Möbel für die Terrasse." „Noch
nicht? Ich kümmere mich darum, versprochen!" In Villa 63
überlegen wir dann, wie wir unseren Ruhetag gestalten wollen.
„Nur rumhängen ist blöde", stellt die Engelhafte treffsicher
fest. Ich blättere ein wenig im Reiseführer: „Ich hab's – wir
fahren heute nach Sintra. Sonntags sind dort vielleicht nicht so
viele Touristen." Über so viel Aktionsbereitschaft von mir ist
die Engelhafte sehr angetan. Das Navigationsgerät führt uns,
in deutscher Sprache, zielgenau und sicher zum gewünschten
Ort. Dann leitet es uns zum Marktplatz, wo wir den Wagen
parken möchten. Der Marktplatz steht aber als Parkplatz für
PKW nicht oder nicht mehr zur Verfügung; nur Busse dürfen
dort abgestellt werden. Das macht zwar Sinn, hilft uns jedoch
in dem Moment nicht. Einbahnstraßenregelungen haben dann
zur Folge, dass wir auf der Suche nach einem Parkplatz noch
zweimal um den Marktplatz herumfahren. Schließlich finde
ich in einer kleinen, steil abfallenden Gasse zufällig einen

freien Parkplatz. Glück gehabt, denn es ist dort der letzte freie Platz und der Fahrer im Auto nach mir sucht offensichtlich auch einen Parkplatz. Die steil abfallende Gasse hat den Nachteil, dass es etwas mühsam ist, zu Fuß zurück zum Marktplatz zu gehen. Der ist unser Ziel, weil dort der Palácio Nacional de Sintra steht. Es ist Portugals einzig erhaltene Palastanlage aus dem Mittelalter. Wände und Böden vieler Räume sind mit Azulejos ausgestattet, Mosaiken mit bunt bemalten Keramikfliesen. Interessant gestaltet ist die Decke eines Saales, auf der 136 Elstern Bänder in ihren Schnäbeln tragen. In einer Erklärung steht, dass der Künstler so hat festhalten wollen, dass es einmal 136 tratschende Hofdamen gegeben hat. Nach der Besichtigung des Palastes erörtern wir, ob die vielen goldenen Verzierungen in erster Linie als künstlerische Meisterleistungen zu bewerten sind oder ob sie zum Ausdruck bringen, wie Feudalherrscher einst geprasst haben.

Wir bummeln dann durch die Altstadt von Sintra, finden dabei aber nichts besonders Beeindruckendes. Es gibt zahlreiche kleine Läden, die Sachen für Touristen anbieten und ebenso zahlreiche kleine Restaurants, in denen auf Touristen gewartet wird. Sintra lebt ganz offensichtlich vom Tourismus. Nach insgesamt circa zwei Stunden sind wir wieder bei unserem Mietwagen.

„Und jetzt?" fragt die Engelhafte. „Ich habe gelesen, dass 20 Kilometer von hier der westlichste Punkt Europas ist. Wenn wir dorthin fahren, gibt es vermutlich außer einer Steilküste nicht viel zu sehen, aber dann sind wir mal da gewesen." Für solche Überlandfahrten ist die Engelhafte immer; sie freut sich, dass ich noch Lust zu der Tour habe. Und wie hilfreich ist es dabei doch, ein Navigationsgerät mit deutscher Sprache nutzen zu können. So können wir ganz entspannt fahren und dabei die Landschaft genießen. Der Cabo da Roca, so heißt der westliche Punkt Europas, ist ein Felsen, der 140 Meter steil aus dem Atlantik ragt. Das ist irgendwie schon beeindruckend. Natürlich geht der Blick auch auf das unendlich erscheinende Meer und die Wellen, die gegen den Felsen klatschen. Auf ihm stehen ein Leuchtturm und ein Restaurant. Eine davor schön bunt blühende Wiese erfreut die Augen auch. Für Touristenbusse und Autos sind genügend Parkplätze angelegt. Zeitgleich mit uns kommt eine Mountainbike-Gruppe an. Zwei Radlern ist die Strecke wohl zu anstrengend geworden, sie sitzen erschöpft im Begleitwagen. Im Restaurant gibt es für uns Cappuccino, zwei kleine Kuchen und den Gang zur Toilette. So gestärkt und erleichtert fahren wir zurück nach Cascais. „Fahr bitte ins Zentrum, vielleicht ist da heute irgendwo Trödelmarkt", wünscht sich meine Engelhafte. Einen Trödelmarkt sehen wir, zu meiner heimlichen Freude, nicht, aber es herrscht ganz normales Treiben, denn auch am Sonntag haben alle Geschäfte geöffnet. Ich suche und finde den Weg zum Parkhaus des Einkaufscenters „Jumbo". Ich bin etwas überrascht, dass eine Schranke die Zufahrt verhindert und ich einen Parkschein ziehen muss. „Vermutlich bekommt man einen Betrag erstattet, wenn man bei Jumbo einkauft", überlege ich. „Na, dann kaufen wir nachher doch ein paar Kleinigkeiten und machen uns schlau", denkt die Engelhafte sogleich weiter. „Zuerst bummeln wir jetzt aber noch bis zu dem Restaurant, in dem es den leckeren Cappuccino und das leckere Eis gibt", weiß sie auch schon, wie es weitergeht. Als wir dort ankommen, ist wieder ein Tisch im Schatten auf dem Vorplatz frei. Wir bestellen, wie schon am Freitag, zweimal Cappuccino, Stracciatella-, Nuss- und Amarenaeis. Da erinnert sich die nette Bedienung, freundlich nickend, wohl an uns. Eis und Cappuccino schmecken erneut köstlich. Zurück bei „Jumbo" erfahren wir, dass man dort zwei Stunden kostenlos parken kann. „Gut zu wissen", freut sich die Engelhafte über diese Sparmöglichkeit.

In Villa 63 stellen wir fest, dass uns in der Zwischenzeit ein Tisch und zwei Stühle auf die Terrasse gestellt worden sind. Sie sind zwar überhaupt nicht als luxuriös zu bezeichnen, aber immerhin können wir uns jetzt mal nach draußen setzen. Sofort geht das allerdings nicht, denn der Tisch und die Stühle sind voller Blütenstaub. Derjenige, der sie gebracht hat, ist wohl nicht für deren Reinigung zuständig gewesen. Unter Verwendung mehrerer Tempo-Taschentücher und Wasser gelingt uns die Säuberung. Als wir später, auf dem Weg zum Abendessen, an der Rezeption vorbeikommen, bedanke ich mich für die Sitzgelegenheit, frage aber, ob wir denn auch noch Liegemöbel bekommen. „Es tut mir leid, die stehen zurzeit für die Villen nicht zur Verfügung." Die junge Dame lächelt schelmisch: „Sie können aber jetzt ja Ihre Füße auf einen der Stühle hochlegen, das ist dann doch fast so wie liegen."

Im Restaurant halten wir vergeblich Ausschau nach einem angerichteten Büfett. „Das hat es nur gestern gegeben, weil wir eine größere Zahl Essensteilnehmer gehabt haben", klärt der Ober auf und gibt uns die bekannte Menükarte. Ich vermute weiterhin, dass die Karte wöchentlich, also morgen, am Montag, gewechselt wird. „Nein, das glaube ich nicht", widerspricht meine Engelhafte dieser Hoffnung. „Es ist im April wohl ganz außergewöhnlich, zwei Wochen lang hier zu essen. Für einen oder zwei Abende ist die Karte ja toll. Büfett gibt es wahrscheinlich nur in der Hauptsaison." „Okay, dann nehme ich heute nochmal das leckere Steak. Wenn Du Recht hast und die Karte nicht gewechselt wird, werde ich nächste Woche dann mal die vegetarischen Angebote probieren." Das Restaurant befindet sich, von der Hoteleingangshalle mit der Rezeption aus gesehen, zwei Treppen tiefer. Dort ist auch die Hotelbar, die wir aber nicht testen. Zwischen Restaurant und Bar versucht jeden Abend ein Klavierspieler, mit bekannten Melodien auf sich aufmerksam zu machen oder die Gäste zu unterhalten. Wir bedauern ihn, denn er spielt richtig gut, wird jedoch, außer von uns, nicht beachtet. Da wir ihm einige Zeit zuhören, ihm anerkennend zunicken und mit erhobenem Daumen zum Ausdruck bringen, dass uns sein Spiel gefällt, bescheren wir ihm ein wenig Freude.

Als wir nach dem Abendessen die zwei Treppen emporsteigen, herrscht in der Eingangshalle hektische Betriebsamkeit. Dort sind Teilnehmer eines Firmenseminars eingetroffen. Es muss wohl eine international tätige Firma sein, denn wir hören verschiedene Sprachen. „Oh, morgen ist es sicherlich sinnvoll, früh beim Frühstück zu sein. Ab 08:00 Uhr wird der Raum vermutlich voll werden", folgere ich. „Da wir um 10:00 Uhr Tennis spielen wollen, ist es sowieso angebracht, zeitig genug vorher zu frühstücken", argumentiert die Engelhafte. Ihr als

Frühaufsteherin kommt das sehr entgegen. Bevor ich ins Bett gehe, stelle ich, wie unpassend im Urlaub, den Reisewecker auf 06:45 Uhr. Das soll Urlaub sein? Nun, Dank des bei Jumbo gekauften Rotweines habe ich genügend Bettschwere, um gegen 23:00 Uhr zügig einzuschlafen. Meine Engelhafte kann immer, mit oder ohne solche Stimulanzien, schnell einschlafen. Sie trinkt im Normalfall nur 1 1/2 Glas Rotwein, ansonsten stilles Wasser. Das zweite Glas Rotwein schenke ich ihr, weil es besser aussieht, zwar jedes Mal voll, aber für die verbleibende Menge des halbvollen Glases muss ich mich opfern. Damit jetzt keine falsche Vermutung aufkommt: auch ich trinke keine Unmengen. Für die gewünschte Bettschwere sorgen 2 ½ Gläser Rotwein und ein abschließender Schluck Cognac, zur Beruhigung des Magens.

Am nächsten Morgen erfüllt der Reisewecker die ihm aufgetragene Pflicht. Meine Engelhafte ist sofort putzmunter, ich nicht. „Komm, für Tennis tust Du doch alles“, versucht sie mich zu motivieren. „Als Du früher sonntags um 09:00 Uhr Medenspiele gehabt hast, bist Du auch früh aus dem Bett gesprungen.“ „Ja, da haben wir aber noch zwei kleine Kinder gehabt, die sich spätestens um 07:00 Uhr zu Wort gemeldet haben.“ „Hey, es ist Montag; bis vor zwei Jahren hat der Wecker werktags immer um 05:59 Uhr geklingelt.“ „Seit ich nicht mehr berufstätig bin, ist der Wecker normalerweise abgestellt.“ „Heute ist kein normaler Tag, heute spielen wir in Estoril Tennis. Wer kann schon von sich behaupten, auf den Plätzen eines so renommierten Clubs gespielt zu haben.“ „Federer!“ „Genau – und heute Mittag Du, also, raus aus dem Bett!“ Das ist ein überzeugendes Argument. Während sich die

Engelhafte duscht, rasiere ich mich. Bevor ich mich dann dusche, werde ich gewarnt: „Du musst etwas aufpassen. Der Abfluss scheint nicht richtig zu funktionieren. Bei mir ist das Wasser beinahe in den Raum geflossen." Um das verstehen zu können, muss man wissen, dass es sich um eine ebenerdige Dusche handelt. Zum Raum hin soll dabei eine nur 1 cm hohe Einfassung das Duschwasser aufhalten. An unseren ersten Duschtagen ist das auch problemlos so gewesen. Ich nehme vorsorglich ein zusätzliches Handtuch mit, rolle es zusammen und lege es als Barriere auf die Mini-Schutzwand, dahinter dann das kleine Badetuch, das für die Füße nach dem Duschen vorgesehen ist. Während des Duschens beobachte ich, dass das Wasser zu meinen Füßen tatsächlich höher als an den Tagen zuvor ansteigt und meine Handtuchbarriere sinnvoll ist. Als ich auf das kleine Badetuch trete, stelle ich fest, dass es pitschnass ist; es hat also überlaufendes Wasser aufgesaugt. Auch mein Barriere-Tuch ist durchnässt. Nachdem ich mich abgetrocknet und die Brille aufgesetzt habe, sehe ich, dass es im Raum kleine Wasserlachen gibt. Ich nutze ein weiteres Handtuch, um sie aufzuwischen. Die drei klatschnassen Tücher lasse ich in der Dusche liegen, in der Hoffnung, dass die Reinmachefrauen sich Gedanken über solch nasse Tücher machen und den Abfluss überprüfen lassen. Ich vermute, dass Bauschutt von den Arbeiten in der Nachbarvilla an den Vortagen einen Stau im gemeinsamen Abflussrohr verursacht.

Wir fahren mit dem Auto zum Hotel. Vor dem Tennis sind uns die ansonsten anfallenden vier Kilometer Fußmarsch für Hin- und Rückweg zu lang. Als wir gegen 07:30 Uhr zum Frühstück kommen, ist das Restaurant schon voll ausgelastet.

Statt der bisher angenehm ruhigen Atmosphäre herrscht dort jetzt Hektik. Das Seminar des internationalen Konzerns startet wohl um 08:00 oder 08:30 Uhr. Da wir uns nicht an einen Tisch mit Seminarteilnehmern setzen möchten, müssen wir erst mal einen freien Tisch suchen. Zufällig bemerke ich, dass ein Ehepaar, offensichtlich Golfer, gerade mit dem Frühstück fertig ist und aufsteht. Ich nicke ihnen zu und sichere uns den freigewordenen Zweiertisch. Ein Ober, der uns bereits kennt, deckt den Tisch zügig neu ein. Er weiß auch schon: Kaffee mit Milch für die Dame, Tee für den Herrn. Ja, das Personal hier ist gut. Wir lassen uns von der um uns herum weiterhin bestehenden Hektik nicht anstecken, sondern frühstücken, wie bisher, ausgiebig und in Ruhe.

Statt einen Straßennamen einzugeben, klicke ich beim Navi dieses Mal das angebotene „Tenniscenter Estoril" an. Auf kürzestem Weg werden wir dort hingeleitet. Die Dame im Büro kann sich an uns erinnern und sagt: „Court Nr. 2". Ich zücke mein Portemonnaie, aber die Dame sagt: „Bezahlen Sie hinterher." Vorsorglich erinnere ich daran, dass wir gerne zwei Stunden spielen möchten. „Ja, ja, zwei Stunden", bekomme ich bestätigt. In der Annahme, dass die Plätze gut erkennbar ausgeschildert sind und Court Nr. 2 ja wohl direkt neben dem Centercourt liegt, gehen wir los, ohne uns den Weg erklären zu lassen. Auf den Plätzen neben dem Centercourt wird trainiert. Es sind die Plätze 3, 4 und 5. Zur Erinnerung: es gibt beim TC Estoril 14 Freiluftplätze. Nach weiterer vergeblicher Ausschau, wo denn Platz 2 ist, spreche ich die auf Platz 4 tätige Trainerin an. Selbstverständlich habe ich gewartet, bis der Ballkorb leer gewesen ist. Wie angenommen, kann die

Trainerin fließend Englisch. „Zum Court 2 müssen Sie dort hinten zwischen den Gebäuden durch nach links gehen." Wir finden die Plätze 1 und 2, gut gewässert und präpariert. Wie immer laufen wir zuerst zwei Runden um den Platz, zur Lockerung der Muskulatur. Strecken der Muskulatur soll man, nach letztem Stand der Wissenschaft, nicht mehr vor, sondern nach dem Spielen machen. Vor der Urlaubsreise habe ich Tennisbälle gekauft, damit wir uns mit neuen auf die Saison vorbereiten können. Die Bälle tragen einen noch größeren Namen als Estoril: „Roland Garros". Mit solchen Bällen wird also beim Grand-Slum-Turnier in Paris gespielt. Na, das ist doch was: Die Sonne scheint, wir spielen auf Platz 2 in Estoril mit Bällen eines Grand-Slum-Turniers! Bei den ersten Ballwechseln tun wir uns allerdings ziemlich schwer. Liegt es daran, dass wir nach der Hallensaison erstmals wieder draußen auf Sand spielen oder springen die Bälle hier in Estoril irgendwie anders? „Nein!" „Das gibt es doch nicht!" „Spiele ich einen Mist zusammen!" „Ich treffe ja gar nichts!" Unser Frust steigt. Es ist nur gut, dass auf Platz 1 niemand spielt und unsere stümperhaften Bemühungen sieht. Nach 15 Minuten bin ich mir sicher: „Das muss an den Bällen liegen!" Ich ziehe die Tennisschuhe aus, Sandalen an und gehe zum Clubhaus. Ich habe am Freitag dort einen Tennis-Shop gesehen und hoffe, dass er geöffnet ist und Tennisbälle im Angebot hat. Beides trifft zu. Ich staune: die Dosen mit vier Bällen kosten hier viel weniger als in Deutschland. Ich entscheide mich für die Ballmarke, mit der meine Engelhafte in der Saison spielen wird. Da sie mit ihren Damen 55 in einer deutlich höheren Liga als ich mit den Herren 60 spielt, hat ihr Einspielen für die Saison ja wohl Vorrang. Dann stelle ich fest, dass ich kein

Geld bei mir habe. „Kann ich die Bälle nachher bezahlen? Ich muss im Büro auch noch die Platzmiete zahlen.“ „Selbstverständlich!“ Ich bin vom TC Estoril immer mehr begeistert. Als ich zum Court Nr. 2 komme, hat die Engelhafte in der Zwischenzeit Aufschläge geübt. „Also, Aufschläge gehen mit den Roland Garros-Bällen hervorragend“, teilt sie mir mit. Als wir die ersten Ballwechsel mit den neuen Bällen machen, zeigt sich, dass wir doch recht ordentlich Tennis spielen können, nur für „Roland Garros“ reicht es nicht. Leider verspürt die Engelhafte Luftprobleme, so dass sie nicht zu allen Bällen laufen, also nicht ihr bestes Tennis spielen kann. „Noch ein paar Tage, dann sieht das anders aus, deshalb sind wir ja am Atlantik“, macht sie sich selber Mut. Mit unserem Tennis-Einstand 2011 auf einem Sandplatz sind wir nach knapp zwei Stunden um kurz vor 12:00 Uhr aber doch sehr zufrieden. „Gut, dass Du andere Bälle geholt hast, sonst wäre es katastrophal gewesen“, stellt die Engelhafte fest. Wie es sich gehört, fegen wir die Spielfläche ab, säubern die Linien und wässern den Platz. Als wir auf dem Weg zum Clubhaus an den Plätzen 3, 4 und 5 vorbeigehen, sehen wir, dass dort ein Platzwart die Pflegearbeiten nach dem Spielen durchführt. Wir möchten jetzt gerne duschen; denn nach zwei Stunden Tennis bei Sonnenschein ist das durchaus angebracht, auch wenn noch nicht die ganz hohe Leistung erbracht worden ist. Bei den Umkleideräumen stehen wir allerdings vor verschlossenen Türen. Man muss wohl einen Schlüssel haben, um die Räume berechtigt zu betreten. Ich steige die Stufen bis zum Büro hoch und frage, ob wir Schlüssel bekommen können. „Schlüssel? Nein, aber Moment, ich gehe mit Ihnen.“ Als wir an den Umkleideräumen ankommen, staune ich: die Bürodame öffnet die Türen, indem sie ihren rechten Daumen vor ein Lesegerät hält. Moderner geht es nicht: „Sesam-öffne-Dich per Fingerabdruck“. Der Umkleideraum ist auf „Welt-Turnier-Niveau“, groß, hell gefliest, mit vielen kleinen Schränken für die persönlichen Sachen ausgestattet. Diese Schränke werden allerdings nicht per Fingerabdruck geschützt, sondern mit privaten Vorhängeschlössern. Zum Duschen gibt es etliche Einzelkabinen, wie viele habe ich nicht gezählt. Von innen wird die Tür des Umkleideraumes durch Drücken eines Schalters geöffnet, mit Summton, wie beim Eisengitter an der Terrassentür von Villa 63. „Alles in Ordnung?“ fragt die Bürodame, als ich gut erfrischt wieder bei ihr erscheine. „Ja, alles bestens, vielen Dank. Jetzt möchte ich noch bezahlen.“ „Zwei Stunden, zwei Personen, 24 Euros.“ „25“, sage ich. Sie freut sich - und ich mich auch, denn in Cascais hätte ich ja 30 Euros für eine Stunde löhnen müssen. „Kann ich für Mittwoch zwei Stunden reservieren?“ frage ich. Die Dame schaut in einer Liste nach: „Mittwoch, Mittwoch, um welche Uhrzeit?“ „Gerne wieder um 10:00 Uhr.“ „Ja, wieder auf Court Nr. 2.“ Meine Engelhafte kommt; sie ist auch vom Umkleideraum und Duschen sehr angetan. Ich bekomme zu hören: „Wir bringen jetzt die Tennissachen zum Auto, dann möchte ich gerne mal einen Blick in den Tennis-Shop werfen.“ „Denk daran, wir haben bereits Übergewicht bei unserem Gepäck“, versuche ich eventuellen Kaufgelüsten entgegenzuwirken. „Ach, so ein Shirt wiegt doch nichts. Wenn die Bälle hier so preiswert sind, haben die bei Kleidung vielleicht auch günstige Angebote.“ Kann man denn solch einem Argument widersprechen? Nein, kann man nicht! Die Engelhafte findet ein Shirt und zwei Tennishosen, die ihr gut gefallen; allerdings ist 36/38 nicht ganz ihre Kleidergröße. Meine vage Hoffnung, dass das Kaufthema damit beendet ist, wird abrupt zerstört. Die Verkäuferin sagt: „In unserem Hauptgeschäft haben wir bestimmt auch die Größe 40 davon vorrätig. Soll ich Ihnen die besorgen?" „Ja, gerne, wir werden am Mittwoch wieder hier sein." Lächelnd verabschieden sich die beiden Frauen. Ich sage, ganz realistisch: „Ich muss noch die Dose Tennisbälle bezahlen." Jetzt werde auch ich angelächelt: „7,80 Euro." Natürlich runde ich auf 8,00 Euro auf und erhalte dafür ein weiteres Lächeln. „Sollen wir den Kaffee oder Cappuccino hier im Restaurant probieren?" fragt meine Engelhafte und gibt mir durch ihren Tonfall dabei zu verstehen, dass sie es so eigentlich schon beschlossen hat. Nach neununddreißig Ehejahren kennt man unterschiedliche Tonfälle. Wir setzen uns auf die Terrasse des Restaurants und können von dort einigen Tennisspielen zuschauen. „Na, die dort spielen auch nicht besser als wir." „Aber schau mal da drüben, die Jugendlichen, die haben es bestimmt als Kinder gelernt. Das sieht richtig gut aus." Wir selber haben erst mit circa 30 Jahren angefangen, Tennis zu spielen, ohne viele Trainerstunden. Seitdem sind etwa dreißig Jahre vergangen; in der Zeit kann man sich eine Menge selber beibringen. Trainer freuen sich dann darüber, dass sie so angeeignete Fehler korrigieren und dabei gut Geld verdienen können. Cappuccino und Kuchen des Restaurants sind in Ordnung, aber nicht ganz so lobenswert wie alle anderen Leistungen des TC Estoril. „Am Mittwoch fahren wir nach dem Tennis zu dem Restaurant am Hafen von Cascais", teilt mir die Engelhafte dementsprechend auch schon ihren neuen Beschluss mit.

Den Nachmittag verbringen wir auf der Terrasse der Villa 63. Die Bauarbeiten in den benachbarten Villen sind wohl beendet, von dort gibt es keinen Lärm mehr. Auch die Bagger für die Erdarbeiten in der Neubausiedlung sind anscheinend ein Stück weiter weg tätig; sie sind noch zu hören, jedoch nicht mehr so störend wie bisher. Die Terrassenstühle sind zwar nicht luxuriös, aber zweckdienlich. Die Terrasse liegt jetzt im Schatten, das ist recht angenehm. Ich lese in einem Buch. Meine Engelhafte studiert Reiseinformationen über Lissabon, da wir morgen dort wieder hinfahren werden, dieses Mal mindestens mit dem Besuch des Gulbenkian-Museums verbunden. Dieser Muss-Besuch ist mir ja schon frühzeitig angekündigt worden, als wir die Tageskarten bei „ i “ gekauft haben. Bevor wir zum Abendessen gehen, schalte ich noch den Fernsehapparat an, um beim Durchlauftext von Al-Dschasira zu erfahren, ob sich in der Welt irgendwas Wichtiges ereignet hat. Beim Anschalten des Fernsehers kommt zunächst immer eine allgemeine Seite, auf der man aussuchen kann, ob man TV, Videos oder Hotelinformationen sehen möchte. Auch auf der TV-Seite gibt es eine Übersicht. Als diese Seite kommt, stutze ich. Bisher hat dort gestanden: Programme 1-9, heute lese ich: Programme 1-14. Upps, da sind jetzt wohl weitere Programme zu empfangen. Sofort zappe ich los. 1-9 sind nicht geändert worden. Dann wird angezeigt: 10 - ARD, 11 - RTL 1, 12 - RTL 2, 13 - SAT 1 und 14 - BBC. Ich rufe nach oben, wo sich die Engelhafte für das Abendessen umzieht: „Wir haben vier deutsche Sender!“ „Auch wieder, wie im Hotel, RTL?“ „Ja!“ „Fein, dann kann ich WWM mit Jauch sehen!“ „Kannst Du nicht.“ „Und warum nicht?“ „Weil es in Deutschland jetzt nicht viertel nach Sieben, sondern schon viertel nach Acht ist.

Jauch fängt jetzt an, aber wir wollen doch zum Abendessen." „Ach, das ist ja blöde. Können wir heute eine Stunde später zum Essen fahren?" „Von halb Neun bis zehn Uhr Essen? Wann willst Du dann denn einschlafen? Morgen möchtest Du doch früh aufstehen, damit wir zeitig in Lissabon sind. Vergiss einfach, dass wir nun RTL sehen können. Für Al-Dschasira würdest Du das Abendessen auch nicht verschieben." „Okay, ich bin fertig, Du auch?" „Hast Du den Voucher?" „Ja, habe ich." „Ich muss mir noch die Schuhe anziehen."

Beim Abendessen werden wir zweimal enttäuscht. Zum einen haben wir gehofft, dass es wegen der vielen Seminarleute ein großes Büfett gebe, aber für die Seminarteilnehmer wird wohl irgendwo anders separat ein Abendessen serviert. Auch die Alternativ-Hoffnung, dass wir heute, am Montag, für diese Woche eine neue Speisekarte erhalten, geht nicht in Erfüllung. Nun denn, die Auswahl ist klein, aber lecker ist das Essen ja. Bei der „Überraschung der Küche" zwischen Vorspeise und Hauptgericht demonstriert der Koch jedes Mal, dass er köstlich variieren kann. Warum bietet er nicht auch ein Spektrum seines Könnens bei den Hauptgerichten? Zurück in Villa 63 schalte ich natürlich sofort den Fernseher an, Programm 10 - ARD. In Deutschland ist es kurz nach 22:00 Uhr, da kommen doch bald die Spätnachrichten. Meine Versuche, auch Videotext abzurufen, scheitern, obwohl auf der Fernbedienung eine Taste mit dem entsprechenden Symbol vorhanden ist. Na, eine deutsche Nachrichtensendung sehen zu können, ist doch ein Fortschritt der Urlaubsqualität. Wenn wir jetzt noch Kissen für ein bequemeres Sitzen bekommen - aber dieser Wunsch bleibt bis zum Schluss des Urlaubes unerfüllt.

Der Reisewecker bimmelt am nächsten Morgen schon um 06:30 Uhr. Wir möchten heute ja früh nach Lissabon fahren und vor den Seminarteilnehmern frühstücken. Bevor uns das gelingt, streikt mal erst der Abfluss in der Dusche noch mehr als am Vortag. Die Reinmachefrauen haben zwar jede Menge frischer Handtücher parat gelegt, aber auf die Idee, dass mit der Dusche etwas nicht in Ordnung ist, sind sie offensichtlich nicht gekommen. Vermutlich haben sie nur beraten, wie das von mir hingelegte „Trinkgeld" untereinander aufzuteilen ist. Als ich geduscht habe, steht der Fußboden des Raumes voll unter Wasser. Zum Trocknen des Bodens benötige ich noch zwei Handtücher mehr als am Vortag. Da wir es heute eilig haben, fahren wir die zwei Kilometer von Villa 63 zum Hotel. Bei der Rezeption kennt man uns ja schon: „Es gibt ein neues Problem. Der Abfluss der Dusche im Erdgeschoss funktioniert nicht richtig, bitte lassen Sie das prüfen." Das frühe Aufstehen wird im Restaurant belohnt; von den Seminarteilnehmern sind auch nur Frühaufsteher im Raum, es gibt dort noch keine Hektik.

Wir sind pünktlich am Bahnhof, um den Zug, der um 08:32 Uhr nach Lissabon abfährt, zu erreichen. Mit den Tageskarten, die wir neulich bei „ i " gekauft haben, können wir die Glastüren am Bahnsteig problemlos passieren, zumal wir natürlich wieder auf das grüne X oberhalb der Türen geachtet haben. Heute hält der Zug laut Fahrplan nicht an allen Stationen und benötigt statt der 42 Minuten am Wochenende nur 32 Minuten bis Lissabon. Pünktlich um 09:04 Uhr kommt er am Cais do Soudré an. Wir kennen den Weg zur Metro-Station ja schon. Meine Engelhafte weiß, dass wir eine Station mit der grünen Linie bis Baixa-Chiado, dort in die blaue Linie umsteigen und bis zur Station Sao Sebastiano fahren müssen. „Das ist die Station, bei der man direkt ins Kaufhaus El Corte Inglés kommt. Das Gulbenkian-Museum ist da ganz in der Nähe, so dass wir dorthin dann zu Fuß hinkommen." Selbstverständlich hat die Engelhafte den Stadtplan von Lissabon bei sich. Von den guten Fahrmöglichkeiten mit der Metro sind wir sehr angetan. Länger als fünf Minuten muss man an keiner Station warten, und dann geht es unterirdisch zügig voran. Als wir vor dem Kaufhaus El Corte Inglés stehen, schaut die Engelhafte auf den Stadtplan und sagt: „Da geht's lang!" Nachdem wir zwei Straßen überquert und danach auf einer weiteren Straße mehrere hundert Meter gegangen sind, wird die Engelhafte ein wenig unruhig: „Es muss hier irgendwo sein, komisch, dass es keine Hinweisschilder gibt." Sicherheitshalber wird eine Frau, die uns entgegenkommt, auf Englisch nach dem Museum gefragt. Erfreulicherweise bestätigt sie, dass wir uns auf dem rechten Weg dorthin befinden: Yes, yes, only a few minutes!" Tatsächlich stehen wir einige Minuten später vor einem Eingang des Museums. Meine Engelhafte strahlt: „Habe ich doch gesagt, dass wir das zu Fuß bequem finden." In der Eingangshalle suchen wir vergeblich nach einer Kasse. Hinter einer Theke sitzt, reichlich gelangweilt oder, was wohl wahrscheinlicher ist, nicht ganz ausgeschlafen, eine Frau mittleren Alters, die nicht freundlich lächelt, als sie angesprochen wird: „Sprechen Sie Deutsch oder Englisch?" „In Englisch bitte." Wir hätten gerne zwei Eintrittskarten, haben aber eine besondere Tageskarte, mit der es etwas billiger sein soll; hier sind die Tageskarten." „Sie befinden sich im Haus für moderne Kunst. Hier ist der Eintritt frei. Zum Museum mit der Gulbenkian-Sammlung müssen Sie um dieses Haus herumgehen, ein paar hundert Meter, dann sehen Sie den Haupteingang." Auf das „Dankeschön" gibt es kein Lächeln als Reaktion. „Mein Gott, war die muffelig", stellt meine Engelhafte fest, als wir wieder auf der Straße sind. „Wer weiß, was sie gerade heute für Probleme hat", suche ich nach einer Erklärung. Morgens, nach dem Aufstehen und vor dem Duschen, ist mir auch fast nie zum Lächeln zu Mute. Der Weg zum Haupteingang führt nicht nur um das Haus mit der modernen Kunst, sondern anscheinend um das gesamte Museumsgrundstück herum. Oder haben wir einen abkürzenden Weg verpasst? Egal, für einen Museumsbesuch geht meine Engelhafte meilenweit. Da wir beide Nichtraucher sind, ist das keine Schleichwerbung für eine Zigarettenmarke gewesen. Der eingängige Werbetext mit dem meilenweiten Gehen passt aber durchaus gut an dieser Stelle, zumal auch noch die Wege im Museum zu absolvieren sind.

In diesem Zusammenhang fällt mir gerade eine kleine Episode ein: Als meine Engelhafte und ich uns kennengelernt haben, also vor über vierzig Jahren, ist mein Kunstinteresse nahe bei null gewesen. Für mich hat es, neben dem Jura-Studium, nur das Thema „Sport" gegeben. In dem Bemühen, die Engelhafte fest an mich zu binden, habe ich mich der Kunst in kleinen, aber erfolgreichen Schritten genähert. Eines Tages stehen wir vor dem Schaufenster einer Galerie und ich überrasche mit meinem neuen Wissen: „Das Bild da, das ist doch ein van Gogh, nicht wahr?" Die Engelhafte strahlt mich an: „Toll, das kennst Du?" Ich bin sehr zufrieden mit meiner Leistung. Dann höre ich: „Du, Schatz, ein kleiner Hinweis noch – alle Bilder in diesem Schaufenster sind von van Gogh." Nun, Sie wissen ja, wir sind inzwischen seit 39 Jahren verheiratet. Wir spielen zusammen Tennis, die Engelhafte geht mit zu besonderen Sportveranstaltungen – und ich gehe mit in Museen…

Im Gulbenkian-Museum sind, das ist mir nach dem Kauf der Tagestickets bei „ i " ja schon beigebracht worden, etwa 6000 Kunstwerke. Die Ausstellung beginnt mit ägyptischen, griechischen und römischen Exponaten. Den Teil schaffe ich recht zügig, aber meine Engelhafte schaut sich manches Stück intensiver als ich an. Na, es gibt hin und wieder Bänke; da kann ich verschnaufen und in Ruhe auf sie warten. Die europäischen Gemälde sehe ich mir selber auch interessiert an. Inzwischen kenne ich nicht nur van Gogh, sondern auch Namen wie Rembrandt, Monet oder Manet. Da es in diesem Museum erlaubt ist, ohne Blitzlicht zu fotografieren, werde ich hin und wieder aufgefordert: „Kannst Du das bitte aufnehmen?" Genau zu diesem Zweck habe ich meine teure Digital-Spiegel-Reflex-Kamera dabei. Meine Engelhafte kann sich dann später zu Hause am PC nochmal über die aufgenommenen Bilder freuen, ich kann so nachweisen, dass ich als Kunstliebhaber in Lissabon im Museum gewesen bin. Nach etwa zwei Stunden Kunstgenuss ist meine Engelhafte zufrieden. Vorsichtig fragt sie aber an: „Nebenan, im Haus für moderne Kunst ist der Eintritt ja frei, meinst Du, wir sollen da auch noch einen Blick reinwerfen?" „Ja natürlich machen wir das", erfreue ich sie. Den Rundgang dort schaffen wir in einer halben Stunde. Ein großer Saal ist wegen Umbaumaßnahmen nicht zu betreten, außerdem interessiert die Engelhafte mehr Klassik als moderne Experimente. Über einige lachen wir:

„Das könnte auch gut das Werk einer Kindergartengruppe sein." Oder: „Siehst Du, hier steht so etwas als Kunst im Museum und Du wirfst Vergleichbares auf den Sperrmüll." Nun ja, Beuys hat in Deutschland mal gestapelte Filzmatten als Kunstwerk deklariert.

Sie können sich vermutlich denken, wie es weitergeht? Es geht den Weg zurück zu El Corte Inglés, dort zu einem Café, in dem es für uns zwei Cappuccinos gibt. Die Engelhafte beschließt: „Lass uns mit der Metro bis Marques de Pombal fahren und nochmal die Avenida Liberdade runter bummeln." Da der Vorschlag nicht lautet. „Komm, wir halten in der Damen-Etage nochmal Ausschau nach einem Schnäppchen", bin ich einverstanden. Ich vermute zwar, dass dieses Mal nicht nur unter den Bäumen spaziert wird, sondern auch Blicke in die Schaufenster von Juweliergeschäften fällig sind, aber solche Blicke sind doch kostengünstiger als ein erneuter Rundgang durch El Corte Inglés. Allerdings, damit hier jetzt kein falsches Bild von der Engelhaften entsteht: sie ersteht nur selten Textilien aus plötzlicher Kauflust. Im Regelfall gehen wir zusammen auf Kleidungsschau, wenn Bedarf besteht. Und ich gehöre zu der angeblich sehr seltenen Männer-Spezies, die sich aktiv an der Auswahl beteiligt. Manches Mal stelle ich die Engelhafte in die Umkleidekabine und schleppe die in Betracht kommenden Sachen dorthin. Ich achte dabei auch nicht vorrangig auf die Preise, sondern aufs Aussehen. Die Engelhafte weiß, dass ich da großzügig bin. Wiederholt hat sie festgestellt: „Alleine hätte ich so viel Geld nicht ausgegeben." Tja, nun kennen Sie eines unserer Geheimnisse von neununddreißig glücklichen Ehejahren.

Beim Juwelier-Schaufenster-Bummel sehen wir einige sehr schöne Schmuckstücke, aber nichts, was zu einer spontanen Begehrlichkeit Anlass gibt. Zufällig bemerken wir dann die Ascensor da Glória, eine von drei Standseilbahnen in Lissabon, mit denen, vergleichbar zum Elevator, Höhenmeter zwischen Unter- und Oberstadt überwunden werden. Wir nutzen die Tagestickets für eine Hin- und Rückfahrt, um auch das Erlebnis in Lissabon gehabt zu haben. Die Fahrt ist irgendein Mittelding zwischen Elevator und Eléctrico 28, deutlich länger als beim Elevator, deutlich kürzer als die Stadtrundfahrt. Die Fahrt durch enge Gassen ist durchaus ein besonderes Erlebnis. Natürlich mache ich einige Fotos. Auf der Rückfahrt haben wir sogar, da wir an der Endstation sofort wieder eingestiegen sind, das Glück, die ersten Sitze hinter dem Führerhaus einnehmen zu können, so dass wir die Fahrt durch die engen Gassen gut im Blick haben. Ja, das ist ganz nett, gefällt uns jedenfalls viel besser als die Kurzfahrt mit dem berühmten Elevator. Dieses Fahrvergnügen wird dann allerdings leider beeinträchtigt: fünf Kinder toben in der Bahn herum, essen dabei Eis und eine Erdbeer-Eiskugel fällt auf die Hose, von dort auf einen Schuh der Engelhaften. Der Mutter des Kindes ist das verständlicherweise sehr peinlich. Sie zückt ein Tempo-Taschentuch, damit der Schaden begrenzt werden kann. Wenn sie wüsste, wie sehr die Engelhafte sich immer über Flecken auf der Kleidung ärgert. Dieses Mal verhält sie sich zunächst recht tapfer: „Ist schon in Ordnung, kann mit Kindern ja mal passieren." Wieder sind wir erstaunt, dass man sich mit so vielen Portugiesen auf Englisch verständigen kann. Nachdem wir ausgestiegen sind, muss der Frust aber raus: „Wieso steigt man als Mutter mit Eis essenden Kindern in die

Bahn? Die Wahrscheinlichkeit, dass das nicht gut geht, ist doch reichlich hoch." Mit dem Flecken auf der Hose ist der Engelhaften der Spaß am weiteren Schaufensterbummel vergangen. Wir gehen zwar noch durch die Einkaufsstraßen Richtung Tejo, aber ich ahne, dass meine Engelhafte dabei nur noch denkt: „Ich muss jetzt rasch zur Villa 63, damit ich die Hose reinigen kann."

Für einen solchen Fall gehört ein kleines Waschmittelpaket zu den Reiseutensilien. Während der Hosenflecken fachfraulich bekämpft wird, höre ich das Haustelefon klingeln. Erstaunt, auch neugierig melde ich mich und höre, auf Englisch: „Hier ist ……… von der Rezeption. Für Sie ist heute Abend das Essen in unserem neuen Hotel, das schräg gegenüber Ihrer Villa in dem neuen Ressort liegt, reserviert. Ist das in Ordnung für Sie?" ……… steht ersatzweise für den portugiesischen Namen, den ich nicht verstanden habe. Selbstverständlich bin ich mit diesem Restaurantwechsel einverstanden. Zum einen ist das neue Hotel statt 2000 nur etwa 200 Meter von Villa 63 entfernt, zum anderen gibt es dort vielleicht oder hoffentlich eine anders ausfallende Speisekarte. Ich spekulier sogar noch weiter: Vermutlich wird dort für die Seminarteilnehmer des Weltkonzerns ein Büfett aufgebaut und wir dürfen als Gäste daran teilnehmen. Als ich meine Engelhafte, nachdem sie gegen den Hosenflecken gewonnen hat, informiere, kommt sogleich eine typisch frauliche Reaktion: „Muss ich mich da schicker anziehen?" Ich schmeichele: „Du hast doch nur schicke Sachen."

Wie bisher üblich sind wir auch beim neuen Hotel gegen 19:30 Uhr in der Eingangshalle. Wir sind irritiert, weil außer einer Dame an der Rezeption und einem „Empfangschef" niemand zu sehen ist, keine hungrigen oder diskutierenden Seminarteilnehmer. Ich stelle uns bei dem Empfangschef vor und verweise auf den erhaltenen Telefonanruf, dass für uns das Abendessen hier im Restaurant reserviert sei. Er zeigt uns den Weg zum Restaurant: „Dort die Treppe nach unten, den Gang bis zum Ende, dann links." „Danke schön!" Bei der Treppe fasse ich meine Engelhafte vorsorglich an. Die Treppe ist aus grünlichem Glas gearbeitet, sieht sehr edel, nach meiner Einschätzung aber auch irgendwie unfallgefährdend aus. Als wir im Restaurant ankommen, sind wir noch mehr irritiert. Dort sind zwar viele Tische gedeckt, aber es ist niemand, auch kein Servicepersonal zu sehen. Es gibt weder einen für uns reservierten Tisch noch das erhoffte Büfett. „Hier sind wir wohl zu früh erschienen", folgere ich. Wir gehen zurück, vorsichtig die grüne Glastreppe hinauf. „Dort ist niemand, auch kein reservierter Tisch für uns", berichte ich dem Empfangschef. „Warten Sie hier bitte einen Moment." Er eilt die Treppe hinab. Kurze Zeit später holt er uns ab: „Kommen Sie bitte!" Wir folgen ihm. Am Ende des Ganges, dort, wo es links ab zum Restaurant geht, stehen zwei Kellnerinnen. Der Empfangschef übergibt: „Die Damen kümmern sich jetzt um Sie." Wir werden herzlich begrüßt und gehen zu viert ins Restaurant. „Wo ist denn ein Tisch für uns reserviert?" frage ich. „Nirgendwo, Sie können Platz nehmen, wo Sie möchten." „Wo sitzen denn nachher die anderen?" „Egal, suchen Sie sich Ihren Lieblingsplatz aus!" Die meisten Tische sind für größere Gruppen gedeckt. Etwa in der Mitte des Saales stehen zwei

Zweiertische; wir entscheiden uns für den hinteren. Ich frage noch: „Wir sind anscheinend zu früh hierhergekommen?“ „Nein, nein, das ist in Ordnung so.“ Die Essensauswahl in der Menükarte, die wir erhalten, sieht tatsächlich anders aus als die, die wir schon auswendig kennen. Allerdings ist die Anzahl der wählbaren Varianten nicht größer als in unserem Stammrestaurant. Nun denn, jedenfalls heute Abend können wir doch etwas Neues probieren. Das gilt auch für die Getränke. Abweichend vom anderen Restaurant gibt es hier keine „kleine“ Rosé-Weinflasche. Na gut, entscheiden wir uns eben mal für die normale Flasche und trinken heute mehr. Oliven, Brot, Öl und Butter entsprechen dem, wie wir es gewohnt sind. Die Vorspeisen schmecken ausgezeichnet. Die Engelhafte lobt: „Marvellous!“ (Wunderbar!) Ich lächele die junge Bedienung an und sage dann, mit kleiner Verzögerung: „Marvellous too!“ (ebenfalls wunderbar!) Über das erste Lob ist die Kellnerin erfreut, über meinen Nachtrag erheitert. Kurze Zeit später erhalten wir, wie gewohnt, „eine kleine Überraschung der Küche“. Die Engelhafte und ich sind uns nach dem Genießen einig: „Der Koch hier ist noch besser als der im anderen Restaurant.“ Da wir dann immer noch die einzigen Gäste sind, frage ich unsere Bedienung: „Wann kommen denn all die anderen, für die die Tische gedeckt sind?“ „Wir wissen nicht, ob noch jemand kommt. Die Tische sind nur vorbereitend gedeckt.“ „Das heißt, wir sind heute hier die einzigen Gäste?“ „Das ist möglich.“ „Wann ist dieses Restaurant denn eröffnet worden?“ „Gestern!“ Auch Hauptgericht und Dessert sind sehr schmackhaft. Ich sage zur Engelhaften: „Falls wir hier heute als Testesser eingesetzt worden sind, können wir die Küche sehr gut empfehlen.“ Als die junge Kellnerin Trinkgeld bekommt, strahlt sie uns an: „Kommen Sie morgen wieder?“ „Das wissen wir nicht. Zunächst ist uns nur gesagt worden, heute sei für uns hier reserviert.“ „Ich würde mich freuen, Sie morgen Abend wieder begrüßen zu können.“ „Ja, das wäre durchaus auch in unserem Interesse.“

Am nächsten Morgen, Mittwoch, erleben wir zunächst eine neue Überraschung. Wir gehen davon aus, dass der Abfluss in der Dusche funktionsfähig gemacht worden ist. Wie gehabt, geht die Engelhafte zum Duschen, während ich mich rasiere. Schon nach kurzer Zeit kommt sie zurück und sagt: „Duschen kannst Du heute vergessen. Der Abfluss ist in Ordnung, aber es gibt nur kaltes Wasser!“ Auf dem Weg zum Frühstück sagen wir an der Hotelrezeption Bescheid: „Villa 63 hat ein neues Problem“.

Der Essenssaal ist voll. Wir fragen an einem Tisch, an dem eine Frau und ein Mann sitzen, ob zwei Plätze frei sind. Im Laufe des Frühstücks kommen wir ins Gespräch. Es ist ein Ehepaar aus Finnland. Der Mann arbeitet als Vertreter viel mit deutschen Firmen zusammen und spricht dementsprechend fließend Deutsch. Da das Paar heute eine Fahrt nach Lissabon plant, geben wir ihnen einige Tipps aufgrund unserer Erfahrungen. Später frage ich an der Rezeption, ob die Reservation für das Abendessen im neuen Hotel nur für gestern gegolten hat oder wir dort von nun an immer hingehen können, da es für uns von Villa 63 aus ja viel günstiger liegt. „Besprechen Sie das bitte mit dem zuständigen Manager. Er wird am Nachmittag hier erreichbar sein.“

Wir fahren zum TC Estoril. Als die Bürodame uns sieht, sagt sie sofort lächelnd: „Zwei Stunden, Court Nr. 2!“ Heute sind wir mit unserem Spiel gut zufrieden. „Ich bekomme auch besser Luft als am Montag“, stellt die Engelhafte fest. Zum Öffnen der Umkleideraumtüren benötigen wir später, wie gehabt, den Daumenabdruck der Bürodame. Sie freut sich, als ich wieder 25 statt der 24 Euro für die Platzmiete gebe. Da reserviert sie uns doch gerne den Court Nr. 2 auch für Freitag, wieder von 10 bis 12 Uhr. Meine Engelhafte hat natürlich nicht vergessen, dass sie heute noch mit der Verkäuferin im Tennis-Shop verabredet ist. Die hat zwar, wie versprochen, einige Hosen und Shirts in Größe 40 aus dem Hauptgeschäft mitgebracht, aber nicht die, die am Montag zur Auswahl gestanden haben. Etwas skeptisch nimmt die Engelhafte die ihr gereichten Sachen, um sie anzuprobieren. Kurze Zeit später werde ich zur Umkleidekabine gerufen: „Sieh mal, sieht das nicht ganz entzückend aus?!“ Nun, die Verkäuferin versteht offensichtlich ihr Geschäft. Da mir von der Engelhaften noch zugeraunt wird, dass Hose und Shirt deutlich preiswerter als in Deutschland sind, ist der Kauf beschlossene Sache. Gibt es etwas Schöneres als das glückliche Lächeln einer Engelhaften?

Wie am Montag schon besprochen, fahren wir nach Cascais. Bei „Jumbo“ nutzen wir das kostenlose Parken. Wir gehen zu „unserem“ Restaurant in der Nähe des Hafens. Die Bedienung dort muss ein sehr gutes Gedächtnis haben, sie fragt uns gleich zur Begrüßung: „Zweimal Cappuccino, Stracciatella-, Nuss- und Amarenaeis?“ Wir lassen es uns schmecken. Zurück in Villa 63 machen wir es uns auf der Terrasse gemütlich, sofern man das bei den einfachen Stühlen so bezeichnen kann. Ich versuche recht erfolgreich, Kreuzworträtsel zu lösen, die Engelhafte liest.

Nach einiger Zeit möchte ich eine Kleinigkeit essen. In dem Obstkorb auf dem Küchentisch liegen noch zwei große, grüne Äpfel. Ich nehme einen davon und will ihn in der Mitte teilen, um meiner Engelhaften die Hälfte zu geben. In einer Schublade finde ich ein kleines und ein großes Messer. Der Apfel-Teilungsversuch mit dem kleinen Messer scheitert, also nehme ich das große. Während ich den Durchschneideversuch neu starte, denke ich: „Da lege ich besser noch ein Holzbrett drunter." Ich schaue zur Seite – in dem Moment rutsche ich mit dem Messer ruckartig aus und schneide mir tief in den Daumen der linken Hand: „Aua!!!" Instinktiv nehme ich den Daumen in den Mund, um das ausspritzende Blut aufzufangen. Meine Engelhafte hat den lauten Schmerzensschrei gehört und kommt angerannt. Ich lasse den Daumen im Mund und artikuliere so gut wie es eben geht: „Ein Pflaster!" Die Engelhafte weiß genau, wo sie eines findet und kommt hurtig mit einem Pflaster zu mir. Ich erkenne, dass es für den tiefen Schnitt, den ich mir zugefügt habe, viel zu klein ist. In dem Moment sehe ich durch das Küchenfenster eine junge Frau vorbeigehen. Ich nehme das Pflaster, eile zur Tür hinaus und hinter der Frau her. Es ist, wie ich vermutet und gehofft habe, eine Mitarbeiterin der gegenüberliegenden Büroräume. Den blutenden linken Daumen weiterhin im Mund, das Pflaster in der rechten Hand haltend, versuche ich, mich verständlich zu machen. Ich zeige das Pflaster und sage: „A bigger one, a bigger one!" (Ein Größeres, ein Größeres!) Sie gibt mir zu verstehen, dass ich ihr folgen soll. Wir gehen zu einem der

Büroräume. Dort ist eine ältere Kollegin, die zunächst erstaunt schaut, was denn da los ist. Als ich kurz meinen Daumen aus dem Mund nehme und die Wunde zeige, wird die jüngere Frau blass, die ältere holt geistesgegenwärtig einen Erste-Hilfe-Kasten. Sie geht mit mir zu einem Waschraum und verbindet dort den Schnitt. „Der ist aber groß!" stellt sie dabei fest. Wir umwickeln den Daumen mehrmals mit einer Binde. Ich bedanke mich ganz herzlich für die Rettung meines Daumens und gehe zur Villa 63 zurück. Meiner nervösen Engelhaften halte ich lächelnd den dick umwickelten Daumen entgegen: „Da, alles in Ordnung!" „Damit fahren wir jetzt zur Rezeption und fragen, wo es hier einen Arzt gibt", sagt sie. „Quatsch, ich brauche dafür doch keinen Arzt. Das ist so jetzt alles in Ordnung." Tatsächlich spüre ich keinerlei Schmerzen. „Das muss behandelt werden!" beharrt die Engelhafte. Nach einigem Hin und Her finde ich eine Kompromisslösung: „Wir fahren in die City zu einer Apotheke. Wir brauchen wohl noch Verbandsmaterial zum Wechseln. Apotheker haben doch auch medizinische Kenntnisse, dem zeige ich die Wunde."

Ich fahre wieder zu „Jumbo", weil dort ja zwei Stunden Parken kostenlos sind. Die Engelhafte erinnert sich, zwei Apotheken im Ort gesehen zu haben, eine moderne und eine ältere. „Wir gehen zu der Modernen", sage ich. Zielgenau führt meine Engelhafte mich dorthin. In der Apotheke bedienen drei junge Frauen, von denen eine Englisch sprechen kann. Sie macht auf uns jedoch keinen Vertrauen erweckenden Eindruck bezüglich ihrer medizinischen Kenntnisse. Meine Engelhafte fragt, ohne vorherige Abstimmung mit mir, nach einem Krankenhaus. Die junge Frau holt einen Prospekt, in dem eine Klinik Reklame macht. „Das ist etwa 25 Kilometer von hier entfernt." Wir bedanken uns für die Information und machen uns auf den Weg zu der äußerlich älteren Apotheke. Dort treffen wir auf zwei Männer im mittleren Alter, die uns sofort kompetenter als die drei jungen Frauen der modernen Apotheke zu sein scheinen. Derjenige, den ich anspreche, bittet mich auch gleich verständnisvoll, mit ihm in einen hinteren Raum zu gehen. Dort steht ein Stuhl, auf den ich mich setze. Als der Mann, ich vermute, er ist Apotheker, die um den Daumen gewickelte Binde etwa zur Hälfte entfernt hat, kommt viel Blut zum Vorschein. „Oh, damit müssen Sie zum Erste-Hilfe-Center", bricht er das Abwickeln ab. „Wissen Sie, wo der Markt ist?" Ich denke an den Supermarkt im zentralen Kaufhaus und nicke. „Dort in der Nähe ist ein auffälliges, pinkfarbiges Gebäude. Gehen Sie dort hin!" Er verbindet den Daumen wieder. Ich erstatte der Engelhaften Bericht und wir marschieren los. Im Umkreis des Einkaufszentrums finden wir kein pinkfarbiges Gebäude. Die Engelhafte spricht eine Frau an und fragt nach dem Erste-Hilfe-Center." Die Frau zeigt uns einen Weg in entgegengesetzter Richtung. Da fasst meine Engelhafte einen Beschluss: „Wir gehen jetzt zu „ i ", die Frau dort kann uns den Weg auf dem Stadtplan zeigen." Natürlich kann sie das. Statt, wie von mir angenommen, in der Nähe des Supermarktes befindet sich das Erste-Hilfe-Center in der Nähe der Markthallen. „Das hatte der Apotheker ja auch gesagt, in der Nähe des Marktes", bekenne ich mich schuldig. Nach weiteren zehn Minuten Fußmarsch finden wir das pinkfarbige Gebäude. Wir sind in Cascais jetzt etwa eine halbe Stunde unterwegs.

Im Erste-Hilfe-Center gehen wir zur Anmeldung. Ich zeige meinen dick umwickelten Daumen und frage: „Deutsch oder Englisch?" Eine freundlich lächelnde Frau mittleren Alters sagt: „Lassen Sie es uns auf Englisch versuchen. Zunächst benötige ich Ihre europäische Karte." Meine was? Meine europäische Karte? Ob Sie meine Euro-Scheckkarte meint? Oder meint sie vielleicht den Personalausweis? Ich lege die Euro-Scheckkarte, den Personalausweis und auch noch meine Krankenversicherungskarte auf den Tresen. Irgendwie erinnert mich das an eine Fernsehwerbung: mein Haus, mein Auto, mein Pferd. Die Mitarbeiterin des Erste-Hilfe-Centers nimmt die Krankenversicherungskarte, zeigt mir auf deren Rückseite das Symbol der europäischen Länder und sagt: „Hier, das ist Ihre europäische Karte!" So lerne ich im Erste-Hilfe-Center der Stadt Cascais, welche Vorteile das vereinte Europa manchmal zu bieten hat. Nun wird es allerdings etwas schwierig, nicht für mich, sondern für die junge Frau, die am PC sitzt und bisher offensichtlich noch nie einen Fall mit der europäischen Karte bearbeitet hat. Meine Gesprächspartnerin stellt sich hinter sie und gibt von Zeile zu Zeile Anweisungen. Es dauert geschätzte fünf Minuten, bis ich im portugiesischen PC-System des Erste-Hilfe-Centers erfasst bin. Dann werden meine Engelhafte und ich zu einem Warteraum gebracht. Dort sitzen bereits vier Wartende, aber ich werde schon als zweiter Wartender aufgerufen, in einen Behandlungsraum zu kommen. Die Engelhafte steht mit mir zusammen auf, wird jedoch gebeten, im Warteraum zu bleiben. Im Behandlungsraum sind drei Frauen, zwei ältere und eine jüngere. Sie ist anscheinend die Hauptperson. Sie sagt mir als erstes, dass sie nur geringe Englischkenntnisse hat. Ich frage, ob sie Ärztin ist - ist sie nicht. Sie löst den Verband, sieht den tiefen Schnitt, schüttelt den Kopf und sagt: „Damit müssen Sie zum Hospital!" „Gibt es hier denn keinen Arzt?" „Nein, nur erste Hilfe." Mein Daumen wird neu, dieses Mal fachlich korrekt verbunden. „Haben Sie ein Auto, mit dem Sie jetzt zum Hospital fahren können?" „Ja, wo ist denn das Hospital?" Ich erhalte eine Art Visitenkarte mit der Adresse. „Wissen Sie, wo das ist?" „Nein, aber ich habe ein Navigationsgerät im Auto, das Hospital zu finden, ist also kein Problem." „Kann Ihre Frau das Auto auch fahren?" „Ja, warum?" „Sie sollen die Hand ganz ruhig halten, es könnte sonst gefährlich für den Daumen werden. Warten Sie bitte draußen, Sie bekommen eine Überweisung für das Hospital." Als ich meiner Engelhaften berichte, dass wir zum Hospital fahren sollen, sagt sie: „Siehst Du, ich habe Dir doch gleich gesagt, dass die Wunde wahrscheinlich genäht werden muss." Den Hinweis, dass ich nicht mehr Fahrer sein soll, verschweige ich. Es dauert nicht lange, bis wir die Überweisung erhalten.

Zunächst müssen wir zum Parkplatz bei „Jumbo" gehen. Wir bummeln dieses Mal nicht, sondern marschieren zügig. Da „erst" etwa 1 ½ Stunden vergangen sind, brauchen wir keine Parkgebühr zu zahlen. Bevor wir losfahren, wird die Hospital-Adresse ins Navi eingetippt. Nach einiger Suchzeit meldet das Navigationsgerät: „Ziel nicht gefunden." Die Engelhafte startet einen zweiten Versuch; vermutlich hat sie zuvor ja einen Eingabefehler gemacht. Wir bekommen jedoch leider wieder die Fehlmeldung. Nun übernehme ich die Eingabe, die Engelhafte ist vielleicht zu nervös dafür. In aller Ruhe und gekonnt handel ich jetzt – und erhalte dieselbe Fehlermeldung.

Meine Engelhafte studiert inzwischen schon den Stadtplan von Cascais. „Fahr los, die grobe Richtung habe ich gefunden!" Etwa fünfzehn Minuten dauert die Fahrt nach Kartenangaben. Meine Engelhafte kann hervorragend Straßenkarten lesen, ehrlich, manchmal sogar besser als ich. Es gibt bei ihr nur eine ganz kleine Einschränkung: hin und wieder sagt sie links rum, obwohl sie rechts rum meint. Solch ein Versprecher wird dann aber immer sehr schnell bemerkt und korrigiert. Auf der Fahrt zum Hospital unterläuft ihr solch ein Versprecher nicht. Nach den fünfzehn Minuten einwandfreier Navigation taucht zum ersten Mal ein Hinweisschild „Hospital" auf. Wir folgen von da an den Hinweisschildern und erreichen das Hospital ohne Umwege. Jetzt wird uns klar, warum das Navi gestreikt hat: das Hospital ist „neu auf grüner Wiese" errichtet, die Adresse ist noch gar nicht im Navi-Kartenwerk gespeichert.

Bei der Anmeldung werde ich nach meiner europäischen Karte gefragt. „Ja, hier ist sie", lege ich souverän den Ausweis der Krankenkasse hin. Ich weiß doch, was meine „European-Card" ist. Weiter geht es in ein Büro, wo ein junger Mann meine Daten in einen PC eingibt. Er kennt sich damit offensichtlich aus und beherrscht auch das Zehn-Finger-Schreibsystem. Ruck zuck geht hier meine Datenerfassung. Ausgedruckt wird ein schmaler grüner Streifen, der an meinem rechten Handgelenk befestigt wird. Auf dem Streifen stehen Name, Geburtsdatum und Adresse. Der junge Mann erklärt noch, dass es Handgelenkbänder mit unterschiedlichen Farben gibt: rot, gelb und grün. Die Farben symbolisieren die Dringlichkeit der Behandlung. Er erläutert allerdings nicht, ob grün nun „dringend" oder „harmlos" bedeutet. Ich bekomme von ihm noch einen kleinen Zettel mit einer Nummer. „Die Nummer wird im Warteraum per Monitor aufgerufen. Gehen Sie dann zu der Tür, die auf dem Monitor angezeigt wird." Der Warteraum ist besser als Wartesaal zu bezeichnen, riesig groß und voll mit Wartenden. Na, das kann dauern. Ich bemerke, dass es bei den Wartenden tatsächlich grüne, gelbe und rote Bänder an den Handgelenken gibt. Grün bedeutet wohl doch „dringend", denn meine Nummer erscheint schon recht bald auf dem Monitor: Tür 2. Meine Engelhafte begleitet mich. Hinter Tür 2 befindet sich ein kleiner Vorraum mit zwei Stühlen. Ein, davon gehe ich jetzt aus, Arzt, circa vierzig Jahre alt, Brillenträger, freundlich lächelnd, begrüßt uns, bittet mich, ihm zu folgen, meine Engelhafte möge in dem Vorraum warten. Als der Arzt und ich uns an seinem Schreibtisch gegenüber sitzen, sagt er, auf Englisch: „So, so, Sie sind Deutscher. Wissen Sie, dass wir die Deutschen gar nicht so besonders mögen? Es gibt in Ihrem Land eine spezielle Lady mit dem Namen Angela Merkel. Sie und Ihr Deutschen wollt immer die besten sein und alles besser wissen." „Nun, Portugal hat derzeit aber doch wohl große finanzielle und wirtschaftliche Schwierigkeiten. Eigentlich möchte Frau Merkel behilflich sein." Ja, mit den Schwierigkeiten, da haben Sie leider Recht, jedoch Ihr Deutschen als der Primus werdet beneidet. Der Primus ist selten beliebt." „Wenn nun ein Deutscher aber einen tiefen Schnitt am Daumen hat, was dann?" lächel ich ihn an. „Dann wird er selbstverständlich nach bestem portugiesischen Können behandelt – kommen Sie." „Kann meine Frau mitkommen?" Ja, aber nicht in den OP." Zu dritt gehen wir über mehrere Flure. Vor dem OP stehen ein paar Stühle, auf denen die Angehörigen der zu

Behandelnden Platz nehmen können. Ich bekomme noch ein aufmunterndes Lächeln meiner Engelhaften mit auf den Weg, dann schließt sich die Tür. Ich lege mich auf den OP-Tisch. Unter meinem Rücken wird ein Gestell angebracht, das dann nach außen reicht; darauf wird mein linker Arm positioniert. Als der Wickel entfernt ist und der Arzt die Wunde sieht, höre ich: „Oh, das muss aber ein sehr scharfes Messer gewesen sein!" Inzwischen ist auch noch ein Assistent im Raum. Ihm gibt der Arzt einige Anweisungen, auf Portugiesisch, so dass ich nichts verstehe. Ich folgere aber, dass der Assistent die Betäubungsspritze vorbereitet. Den ersten Stich damit in den Daumen spüre ich, aber es schmerzt nicht. Beim zweiten Stich hingegen wird wohl ein Nerv oder was weiß ich getroffen; ich zucke schmerzverzerrt zusammen. Der Arzt zieht die Nadel heraus und wählt eine dritte Stelle. Das ist wieder in Ordnung. Da ich Spritzen überhaupt nicht mag, habe ich die ganze Zeit zur anderen Seite geschaut. Jetzt muss auf die Wirkung der Betäubungsspritze gewartet werden. Arzt und Assistent unterhalten sich, ich schließe die Augen. Hin und wieder testet der Arzt, ob ich den Daumen noch spüre. Irgendwann bekomme ich mit, dass er mit dem Nähen beschäftigt ist, nämlich immer dann, wenn er einen Faden knotet. Das Nähen der Fäden merke ich nicht. Ich schaue auch weiterhin nicht zu. Als der Arzt fertig ist, tippt er mir auf die Schulter. Jetzt wende ich den Kopf und sehe, dass die Wunde „dicht" ist. Ich zähle acht Fäden. Der Assistent verbindet den Daumen noch. Ich frage: „Muss ich den Daumen jetzt ruhig halten oder kann ich alles machen wie bisher, zum Beispiel auch Tennis spielen?" „Sie können alles machen, was Sie möchten. Die Binde lassen Sie täglich von einer Krankenschwester im Erste-

Hilfe-Center wechseln." „Kann das nicht auch meine Frau machen?" „Selbstverständlich, wenn sie dazu in der Lage ist." „Das kann die!" Der Arzt begleitet mich zur Tür und übergibt mich an die Engelhafte. Als wir uns verabschieden wollen, fragt er plötzlich: „Wann haben Sie denn zum letzten Mal eine Tetanusspritze erhalten?" „Keine Ahnung, das ist länger als zehn Jahre her." „Dann rate ich Ihnen sehr dringend, sich jetzt noch eine Tetanusspritze geben zu lassen." Bevor ich darüber nachdenken kann, befindet die Engelhafte aber schon: „Selbstverständlich, das muss sein!" Sie kennt natürlich meine Abneigung gegen Spritzen. Ohne eine Stellungnahme von mir abzuwarten, geht der Arzt mit uns zu einem anderen Behandlungsraum. Er spricht mit einer Ärztin, zeigt auf mich, sie nickt. Dann verabschiedet sich der Arzt von uns. Ich sage: „Portugiesen sind ja doch sehr nett zu Deutschen." Er lacht und winkt uns beim Weggehen zu. Kurze Zeit später habe ich auch die Tetanusspritze mannhaft überstanden.

Es ist etwa 18:30 Uhr, als wir an der Rezeption des Hotels ankommen. Ich hätte mich heute Nachmittag ja mit einem Hotelmanager treffen sollen, um zu klären, ob wir von nun an in dem neuen Hotel zu Abend essen. An der Rezeption begrüßt mich die junge Dame, die uns am ersten Tag mitgeteilt hat, dass kein Bungalow zur Verfügung steht: „Hallo, was ist mit dem Daumen?" Na klar, es hat sich herum gesprochen, dass der Mann aus Villa 63 sich geschnitten hat. „Hier, sehen Sie, der Daumen ist dran und ich lebe auch noch. Allerdings habe ich mich im Hospital behandeln lassen müssen. Die Wunde ist genäht worden." Die Dame lächelt verschmitzt: „Sie wollten ja unbedingt in einen Bungalow. Wären Sie in dem Hotelzimmer geblieben, hätten Sie keine Küche, also kein Messer gehabt und hätten sich nicht geschnitten." Ich bin mir nicht ganz sicher, ob sie das nun spöttisch oder scherzhaft meint. Ach nein, so nett wie sie sonst immer ist, macht sie sich jetzt wohl nicht über mich lustig. Ich trage ihr mein Anliegen vor, dass noch geklärt werden müsse, wo wir zu Abend essen sollen. „Wo möchten Sie denn lieber essen, hier oder im neuen Hotel?" „Wenn wir es uns aussuchen können, lieber im neuen Hotel; denn das liegt ja ganz in der Nähe unserer Villa." „Moment, ich kläre das." Sie telefoniert mit dem zuständigen Manager und deutet mir während des Gespräches durch erhobenen Daumen schon an, dass mein Wunsch erfüllt wird. Sie bestätigt dann: „Ich habe ihm gesagt, dass wir einen schwer verletzten Gast haben, der sich schonen muss und dem wir nur noch kurze Wege zumuten können. Ich sage drüben im Hotel Bescheid und reserviere dort für Sie."

Im Restaurant des neuen Hotels werden wir mit strahlendem Lächeln begrüßt: „Guten Abend! Wir freuen uns, dass Sie die nächsten Tage zu uns kommen. Möchten Sie wieder am selben Tisch sitzen oder irgendwo anders?" „Gerne wieder am selben Tisch." Wir sind erneut die einzigen Gäste. Nachdem wir Platz genommen haben, fragt uns die Kellnerin: „Möchten Sie die Menükarte haben oder darf die Küche Sie überraschen?" Meine Engelhafte und ich sind uns sofort einig: „Wir lassen uns gerne überraschen!" Das ist eine gute Entscheidung, denn der Koch möchte offensichtlich beweisen, dass er und sein Team mehr zubereiten können als die Speisen, die auf der Menükarte stehen. Von diesem Abend an bekommen wir beim Essen die Abwechslung, die uns zuvor etwas gefehlt hat.

Alles, ausnahmslos alles, ist sehr lecker und auch toll für das Auge zubereitet. Am Samstagabend lässt sich die Küche ein „Gala-Dinner" einfallen. Ich lobe: „Überraschung – mehr Überraschung – höchste Überraschung!" Andererseits haben wir ein komisches Gefühl, dass wir an allen Tagen immer die einzigen Gäste sind: der ganze Personalaufwand nur für uns? Ich frage die Kellnerin: „Sind Sie nur unseretwegen hier? Hätten Sie frei, wenn wir wieder im anderen Hotel essen?" „Nein, wir müssen auf jeden Fall bis 24:00 Uhr hier sein und freuen uns, dass wir zumindest Sie als Gäste haben. Das ist jetzt für uns die Startphase. Wir hoffen, ab Mai gut ausgelastet zu sein, dann haben wir auch Hotelgäste."

Ach, ich muss Ihnen ja die Erlebnisse vom Donnerstag, Freitag und Samstag noch berichten. Am Donnerstag fahren wir nach Mafra, eine Stadt mit rund 10000 Einwohnern, bekannt, weil es dort einen riesigen Palast gibt. Den möchten wir uns mal anschauen. Um auf schnellstem Weg nach Mafra zu kommen, nutze ich mal wieder das Navigationsgerät. Zunächst leitet es uns so, wie ich mir die Strecke zuvor grob auf einer Karte angesehen habe. Als ich vom Navi aufgefordert werde, auf die Autobahn abzubiegen, folge ich dem Hinweis. Nach einiger Zeit, als uns die Stimme immer weiter Richtung Lissabon leitet, werde ich unruhig: „Da stimmt doch etwas nicht! Sieh bitte mal auf der Karte nach. Ich habe doch nicht Lissabon als Ziel eingegeben." Die Engelhafte findet nach Kartenstudium die Lösung: „Das Navi nimmt wohl nicht die kürzeste, sondern die schnellste Strecke. Die ist zwar ein ganzes Stück länger, geht aber fast nur über Autobahnen. Gleich kommt, laut Karte, wohl ein Abzweig

Richtung Mafra." So ist es - und Maut müssen wir unterwegs auch noch bezahlen. „Du hättest auf meine Kartenanleitung statt aufs Navi setzen sollen", bekomme ich zu hören. „Die Strecke fahren wir jedenfalls nicht zurück, dann leitest Du uns nach Karte", erwidere ich. Der Palast in Mafra ist tatsächlich riesig. Johann V., König in Portugal von 1706 bis 1750, hat ihn errichten lassen und dafür ein Viertel des Goldes der damaligen Kolonie Brasilien aufgewendet. Bis zu 50000 Arbeiter sollen bei dem Bau eingesetzt worden sein. Zwischen den Schlafzimmern des Königs und der Königin liegen 125 Meter! Trotzdem haben sie sieben Kinder gezeugt, der König aber wohl auch noch ein paar außereheliche. Der Palast hat über 1000 Räume und eine Grundfläche von 40000 m². An etlichen Stellen wissen wir nicht, ob wir die meisterliche Handwerkskunst bewundern oder über Goldverschwendung den Kopf schütteln sollen. Der, aus heutiger Sicht, Wahn des Absolutismus, wird auch auf dem Grundstück des Palastes dokumentiert. Der König hat sich einen 125 Meter langen Kanal bauen lassen, um gelegentlich mal in Mafra mit einem Schiff fahren zu können. Die Seitenwände des Kanals sind selbstverständlich mit blauen Mosaiken ausgestattet. Ich scherze: „Der König ist sehr weitsichtig gewesen. Durch seinen Größenwahn kann Mafra noch heute vom Tourismus leben, sonst wäre hier doch wahrscheinlich tote Hose." Als wir nach dem Palastbesuch durch die Altstadt von Mafra spazieren, ist dort in der Tat nichts los, aber das liegt vermutlich daran, dass Mittagszeit ist. Der Cappuccino, den wir in einem Selbstbedienungsrestaurant trinken, hätte dem König vielleicht zum Verhängen einer Todesstrafe Anlass gegeben.

Die Rückfahrt, nach Karte, genießen wir; sie ist landschaftlich viel reizvoller als die Fahrt über die Autobahn. Vor einer scharfen Kurve schreit die Engelhafte plötzlich auf: „Vorsicht, da kommt uns gleich ein herrenloses Fahrrad entgegen!" Ich stutze kurz, wegen des Aufschreis, dann lachen wir laut: Um die Kurve kommt ein PKW mit einem Fahrrad auf dem Dach. Die Engelhafte erklärt sich: „Ich habe auf die Karte geschaut, dann hochgeblickt und in dem Moment nur das Fahrrad gesehen, das da alleine die Bergstraße runterkam." „Wie, bitte schön, soll ein Fahrrad alleine eine Straße runterfahren?" mache ich mich ein wenig lustig über diese Vorstellung. Die Engelhafte hat sich wieder voll im Griff: „Was weiß ich, was die Portugiesen alles erfinden. Wenn der König sich im Garten einen Kanal bauen lässt, um mal eben mit dem Schiff zu fahren, dann könnte das, auf heutige Technik übertragen, ja ein ferngesteuertes Fahrrad sein. Ein Millionär möchte vielleicht, dass sein Fahrrad um 14:30 Uhr vorfährt. Für James Bond sind schließlich auch unvorstellbare technische Wunder erfunden worden." Wir kommen nach Estoril. Dort gibt es jährlich nicht nur ein internationales Tennisturnier, sondern auch ein Formel-1-Rennen. Ich folge den Wegweisern zur Rennstrecke. Als wir an den Parkplätzen ankommen, stellen wir fest: „Oh, zu sehen gibt es hier von außen überhaupt nichts." Ich steige noch aus und gehe an der Rückseite der Haupttribüne vorbei, in der Hoffnung, es gebe vielleicht seitlich daneben einen Blick auf die Strecke – es gibt ihn nicht. Auf der Weiterfahrt nach Cascais bemerkt die Engelhafte ein großes Shopping-Center. An der Abfahrt dorthin sind wir in dem Moment allerdings schon vorbei. „Ach, hier ist das, ich habe was darüber gelesen, aber nicht gewusst, wo es ist", sagt die Engelhafte. „Du, das ist ja gar nicht weit weg von Cascais. Hier können wir doch am Montagnachmittag mal hinfahren."

In Cascais parken wir wieder bei „Jumbo" und gehen zu „ i ". Die junge Dame dort freut sich, dass wir ihr schon wieder einen Besuch abstatten. Ihre Frage, wie es meinem Daumen geht, beantworte ich wortgleich wie am Abend zuvor an der Hotelrezeption: „Hier, sehen Sie, der Daumen ist dran und ich lebe noch. Allerdings habe ich mich im Hospital behandeln lassen müssen. Die Wunde ist genäht worden." Die Dame schmunzelt: „Gut, dass Sie mir Bescheid geben, ich habe mir Ihretwegen die ganze Nacht Sorgen gemacht." Meine Engelhafte lacht. Sie ist mit mir zu „ i " gegangen, weil sie im Reiseführer gelesen hat, dass es in Cascais einen Eissalon gibt, der zu den besten in Europa gehören soll. „Können Sie uns bitte sagen, wo wir den Eissalon finden?" Die „ i " – Dame zeigt uns den Standort auf dem Stadtplan. „Sie können es gar nicht verfehlen, dort stehen immer Leute wartend bis auf die Straße." Genau so ist es. Für eines der besten Eisangebote in Europa muss sich das Anstehen doch wohl lohnen. Als wir es bis in den Salon geschafft haben, wundern wir uns: Es ist ein relativ kleiner Raum mit nur ganz wenigen Sitzgelegenheiten. In der Warteschlange werden wir zunächst zur Kasse geleitet. Dort gibt man an, wie viele Eiskugeln man haben möchte und bezahlt dafür. Mit der Quittung geht es weiter zu Eisausgabe. Hinter dem Tresen bedienen vier Männer. Für uns ist die „Nummer 3" frei. Er schaut auf die Quittung: „Aha, zweimal drei Kugeln, welche Eissorten wünschen Sie?" Nun, um die besondere Europa-Spitzenqualität schmecken und bewerten zu können, bestellen wir die drei Sorten, die wir bisher im

Restaurant am Hafen genossen haben: Stracciatella-, Nuss- und Amarenaeis. Zunächst gilt es dann, mit dem Eis an der Warteschlange vorbei nach draußen zu gelangen. Ich sehe zufällig, dass in dem Moment eine Bank, die etwa zwanzig Meter entfernt steht, frei wird, indem dort ein Pärchen aufsteht. Wir beeilen uns, zu der Bank zu gelangen, bevor andere auch auf die Idee kommen. Ich stelle fest: „Das ist doch Urlaub - eine Bank im Sonnenschein, Eis essen, sogar eines der besten in Europa!" Nach den ersten Eisschleckern wundern wir uns schon wieder: „Findest Du, dass das Eis irgendwie besonders gut schmeckt?" frage ich. „Im Gegenteil, im Eissalon zu Hause und auch hier im Restaurant am Hafen schmeckt es mir besser." „So bewerte ich das auch. Es ist ganz normales Eis, ohne irgendeinen besonderen Geschmack. Wie ist der Salon wohl zu seinem Ruf gekommen? Und wieso stehen dort immer so viele Leute an?" „In Portugal ist eben manches anders, da kommen einem sogar herrenlose Fahrräder auf der Straße entgegen." Wir essen das Eis selbstverständlich auf, es schmeckt ja nicht schlecht. Auf dem Weg zum Parkplatz gehen wir zu der Apotheke, in der mir mit dem Hinweis auf das Erste-Hilfe-Center geholfen worden ist. Meine „Krankenschwester" benötigt noch die Ausstattung zum Wechseln des Verbandes an meinem Daumen. Als der Apotheker erfährt, dass die Wunde im Hospital mit acht Stichen genäht worden ist, fühlt er sich in seinem Handeln bestätigt: „Ja, es hat übel ausgesehen."

Am Freitagmorgen stellt die Engelhafte etwas verärgert fest, dass ihre Duschhaube fehlt. „Da haben die Reinmachefrauen wohl besonders auf- und weggeräumt". Auf dem Weg zum

Frühstück melden wir uns bei der Rezeption: „Wir haben ein kleines Problem." Man kennt uns ja mit Problemmeldungen. Sogleich nimmt ein Mitarbeiter Papier und Schreibstift zur Hand: „Ja, bitte?" Wir schmunzeln: „Heute ist es wirklich nur ein kleines Problem. Das Reinigungsteam hat wohl die Frauen-Duschhaube mitgenommen." Der Mann lacht: „Ja, das ist tatsächlich nur ein sehr kleines Problem!" Er geht in einen hinteren Raum und holt eine kleine Verpackung mit einer Duschhaube. „Problem schon gelöst!" strahlt er uns an. Meine Engelhafte freut sich, weil sie nun eine Haube für das Duschen nach dem Tennisspielen hat.

Heute spielen wir wieder in Estoril. Der verletzte linke Daumen behindert mich, da ich Rechtshänder bin, beim Spielen nicht. Allerdings beim Hochwerfen des Balles zum Aufschlag muss ich mich doch etwas umstellen. Daran liegt es jedoch nicht, dass wir nur bis 11:29 Uhr spielen. Zu dem Zeitpunkt reißt an meinem Schläger eine Seite. Der zweite Schläger, gleiche Marke, gleiche Bespannung, liegt zu Hause im Schrank. Wir überlegen, ob wir den Bespannungsservice im Tennis-Shop nutzen. Dann kommt meine Engelhafte aber zu der Erkenntnis: „Nein, das machen wir nicht. Vermutlich soll es so sein, damit Du Dich beim Spiel am Montag nicht ernsthaft verletzt, umknickst, Faserriss oder so." Mein Versuch nach dem Duschen, Platzmiete nur für 1 ½ Stunden statt der reservierten 2 Stunden berechnet zu bekommen, scheitert, wie ich es eigentlich auch erwartet habe, aber fragen kann man ja mal. Selbstverständlich bezahle ich dann wieder 25 Euros. Ich könnte jetzt folgende Rechnung aufmachen: Geplant war, im Urlaub 15 Stunden Tennis zu spielen. Auf der

Sportanlage beim Hotel hätte das (15 x 14 €) 210 Euros gekostet. Wir haben stattdessen jetzt aber nur 7 ½ Stunden für 75 Euros gespielt. 210 – 75 Euros = 135 Euros, da haben wir die zu viel berechneten Gebühren für das Tennis-Übergepäck eingespart, ha, ha, ha.

Wir fahren nach Cascais, parken bei „Jumbo" und gehen zum Restaurant am Hafen. Die Bedienung lächelt uns an: „Wie immer?" „Cappuccino ja, aber beim Eis möchten wir heute mal andere Sorten probieren." „Das ist gut, unsere anderen schmecken nämlich auch." „Wir können Ihnen jetzt schon bestätigen, dass uns Ihr Eis besser als das im Salon S. schmeckt." Über dieses Lob freut sich die Bedienung – oder ist es sogar die Inhaberin? „Malaga, Erdbeer, Vanille" lautet heute unsere Auswahl. Beim genüsslichen Essen finden wir unser Urteil bestätigt: „Hier schmeckt es richtig gut!"

Am Samstagmorgen wundern wir uns, dass das Seminar des internationalen Konzerns noch nicht beendet ist. Unsere Annahme, in den Frühstücksraum werde wieder Ruhe einkehren, ist eine Fehleinschätzung gewesen. Heute fahren wir nochmal nach Lissabon. Meine Engelhafte möchte sich ein Urteil über das Gelände der Weltausstellung 1998 bilden. In Reiseführern wird gelobt, wie es seitdem genutzt wird. Ein Ehepaar aus unserem Bekanntenkreis hat sich, nach einem Lissabon-Besuch, hingegen nicht positiv geäußert. Unsere Erfahrungen mit Lobhudeleien in Reiseführern lassen uns dementsprechend skeptisch sein. Andererseits hat jenes Ehepaar sich auch eher negativ über Tennisplätze in Estoril geäußert – davon sind wir aber ganz begeistert gewesen. Es macht also Sinn, eigene Erfahrungen zu machen. (Anm: Später hat sich, aufgrund unserer Schilderungen herausgestellt, dass jenes Ehepaar nicht beim TC Estoril, sondern bei anderen Tennisplätzen gewesen ist.) Die Fahrt nach Lissabon dauert, das wissen Sie ja schon, am Samstag 42 Minuten. Auf das grüne X über der Glastür beim Bahnsteig haben wir auch wieder geachtet. Vom Cais do Sodré fahren wir mit der „grünen" Metro-Linie bis zur Station Almeda. Dort steigen wir um in die „rote" Linie; mit ihr geht es bis zur Endstation Oriente. Diese Metrolinie und -station sind zur *Expo 98* neu gebaut worden. Mit der „roten" Linie ist die Verbindung des Expo-Geländes mit der Innenstadt hergestellt worden. Die Wände der Endstation sind künstlerisch gestaltet, was meiner Engelhaften natürlich sofort auffällt. Die meisten nehmen von diesem Detail vermutlich keine Kenntnis. Ähnlich wie bei El Corte Inglés kommt man von der Metro-Station gleich in einen riesigen Kaufhauskomplex, allerdings ist es hier ein Center mit vielen verschiedenen Geschäften. Der Name des Centers ist interessant: „Centro Comercial Vasco da Gama". Dieses Gebäude ist 1998 der Haupteingang zur Expo gewesen. Die Engelhafte entscheidet: „Das sehen wir uns in Ruhe nach dem Spaziergang über das Expo-Gelände an." Wir gehen also im Gebäude geradeaus, schauen dabei allerdings schon nach links und rechts, welche Geschäfte es denn da gibt. Wir registrieren auch bereits, wo Toiletten sind. Als wir das Gebäude am anderen Ende verlassen, kommen wir zu einem großen freien Platz, auf dem hintereinander Fahnen aller Länder gehisst sind, die an der Expo teilgenommen haben. Dahinter sehen wir Kabinen einer Seilbahn fahren. Ob die Fahrt wohl über das gesamte Gelände geht, so dass man einen totalen Überblick erhält? „Komm, das sehen wir uns mal aus der Nähe an", sind wir uns einig und marschieren los. Als wir an der Seilbahn ankommen, stellen wir fest, dass sie schnurstracks am Tejo entlang fährt. „Och, nö, da bummeln wir lieber zu Fuß am Wasser entlang", befindet die Engelhafte. Ein anderer Vorschlag hätte mich auch gewundert, denn ich weiß ja, dass sie nur sehr ungern mit Seilbahnen fährt. Wir entscheiden uns, „links rum" zu gehen, in Richtung des Wahrzeichens der Expo, dem Torre Vasco da Gama. Meine Engelhafte sagt: „Das Expo-Gelände war ein heruntergekommenes, altes Industriegebiet am Hafen, etwa 50 Hektar groß. Für die Expo wurde alles abgerissen und eine neue Infrastruktur entstand. Das Gelände wurde bewusst so gestaltet, dass es anschließend weiter genutzt werden konnte. Jetzt sind hier etliche Firmen ansässig und auf dem Gelände wurden Wohnhäuser für über 25000 Menschen errichtet. Der Haupteingang, also das jetzige Einkaufscenter, hat eine Form, die zwei große Schiffe symbolisieren soll. Über den Tejo ist eine 17 Kilometer lange Brücke, die Vasco-da-Gama-Brücke, gebaut worden; da hinten im Dunst kannst Du sie schemenhaft erkennen." Ja, ja, so etwas liest die Engelhafte im Reiseführer, zum Beispiel auf der Terrasse, wenn ich versuche, Kreuzworträtsel zu lösen.

Auf dem Weg zum Torre Vasco da Gama, dem Expo-Wahrzeichen, bewundert sie zahlreich verschiedene exotische Pflanzen. Ich staune mehr über die Vielzahl der Jogger und Joggerinnen, die hier am Tejo entlang laufen. „Jetzt ist mir klar, wieso Portugal immer so gute Langstrecken- und Marathonläufer hat", folgere ich. Vom Torre Vasco da Gama selbst sind wir, als wir davor stehen, ziemlich enttäuscht. Er ist ungenutzt und zwei große Baukräne weisen darauf hin, dass daran gearbeitet wird. Ich sage: „Das ist vermutlich wie bei der Hotel-Villen-Siedlung; nach der gründlichen Renovierung erstrahlt der Torre in neuem Glanz. Wir sind auch hier zum falschen Zeitpunkt." Wir gehen noch ein ganzes Stück weiter in Richtung der Vasco-da-Gama-Brücke. Irgendwann äußert die Engelhafte: „Das zieht sich, ich glaube, es lohnt sich nicht, noch weiter zu gehen. Die Brücke liegt im hinteren Teil sowieso im Dunst. Komm, lass uns umkehren." Ich vermute zwar, dass die Engelhafte an die Zeit denkt, die sie noch im Einkaufs-Center verbringen möchte, aber ich bin mit dem Rückweg einverstanden. Vor knapp einer dreiviertel Stunde hat mich an der Ausgangsstelle unseres Spazierganges statt „links rum" durchaus auch „rechts rum" interessiert. Auf dem Rückweg entdeckt die Engelhafte noch jede Menge exotischer Pflanzen, die ihr vorher nicht aufgefallen sind. Viel gejoggt wird ebenfalls noch. Bei dem Weg „rechts rum" vom Ausgangspunkt sind mehrere auffallend gestaltete Gebäude zu bewundern. Sie stammen von der Expo und werden jetzt als Konferenz- / Veranstaltungszentrum, Wissenschaftsmuseum und für Touristen als Ozeanarium sinnvoll genutzt. Wir gehen noch auf einem längeren Holzsteg über den Tejo und sind uns dann einig: „Es reicht." Auf dem Weg zum Einkaufs-Center halten wir erfolgreich Ausschau nach einem Springbrunnen, bei dem alle paar Minuten eine große Fontäne rauschend hochspritzen soll. Wir haben eine Digitalkamera bei uns; den Moment der zischenden Wasserfontäne passe ich genau ab.

Im Centro Comercial Vasco da Gama führt uns der erste Weg zu den vor über zwei Stunden schon registrierten Toiletten.

Als wir dort ankommen, müssen wir zur Kenntnis nehmen: „Wegen Reinigung geschlossen." Da wir nicht wissen, wann die Reinigung begonnen hat und wie lange sie noch dauert, machen wir uns auf die Suche nach einer Alternativen. Leider finden wir keine andere Toilette – der Druck nimmt zu. Nach etwa zehn, uns unendlich lang erscheinenden Minuten, führen WC-Hinweisschilder wieder zurück zum „Toiletten-Center". Es ist jetzt geöffnet; wir sind gerettet.

Erleichtert bummeln wir durch einige Geschäfte, finden dabei aber, aus meiner Sicht erfreulicherweise, nichts spontan Interessantes. Auch eine Anziehprobe bringt ein negatives Ergebnis. Der Cappuccino in einem kleinen Café schmeckt gut. Die Engelhafte hat mal wieder eine Idee: „Draußen habe ich bei unserer Ankunft einen Busbahnhof gesehen. Lass uns mit einem Bus zurück in die City fahren, so sehen wir noch was von der Stadt." Wir gehen zum Busbahnhof und dort von Haltestelle zu Haltestelle. Auf keinem Fahrplan, wir sehen uns etwa zehn an, entdecken wir ein uns bekanntes Fahrziel, zum Beispiel Cais do Sodré, Avenida da Liberdade, Praca Marques de Pombal oder El Corte Inglés. „Nee, das ist mir zu riskant, jetzt in einen Bus einzusteigen und später irgendwo zu landen", beende ich die Suche. „Wir fahren wieder mit der Metro, da haben einen Streckenplan und kennen uns ja auch schon ein wenig aus." „Gut, dann fahren wir die „rote" Linie bis zum anderen Ende, das ist Sao Sebastiao oder Dir vielleicht besser bekannt als die Station bei El Corte Inglés", regelt meine Engelhafte, wie es weitergeht.

Von El Corte Inglés gibt es an allen Metro-Stationen große Plakate, auf denen eine hübsche Blondine Reklame für eine gut aussehende Kombination „weiße Hose und blaue Bluse" macht, die aktuell 30 % günstiger angeboten wird. „Die Bluse sieht doch toll aus", deutet meine Engelhafte mir an, welches Ziel sie bei El Corte Inglés noch haben wird. In der Damenabteilung suchen wir zunächst nach dem Stand der Firma, von der die Bluse angeboten wird. Als wir den Bereich gefunden haben, suchen wir erst vergeblich nach der Bluse, dann vergeblich nach einer Verkäuferin. Nach einiger Zeit finden wir einen zentralen Informationspunkt. Die Beraterin dort ist in einem Kundengespräch. Die Zeit nutzen wir, um weiter nach der Bluse Ausschau zu halten, vergeblich. Als wir zurück zum zentralen Informationsstand kommen, ist der nicht besetzt. Genau in dem Moment, in dem wir aufgeben wollen, kommt eine Verkäuferin, die wir fragen können. Leider hat sie keine Kenntnis von der Bluse, aber sie weiß, wo eine Kollegin mit Kenntnis anzutreffen ist. Die führt uns dann zu drei verschiedenen Ständern mit Blusen, an denen wir zuvor auch schon nachgesehen haben und wundert sich, dass das gesuchte Exemplar dort nicht vorhanden ist. Schließlich fällt ihr noch ein möglicher Standort ein: da ist das Schmuckstück, sogar in der gewünschten Größe. Meine Engelhafte stellt erstaunt fest, dass der Schnitt „merkwürdig, komisch, gar nicht wie auf den Reklamebildern" ist. Nun denn, die Anprobe wird Aufschluss geben. Kurze Zeit später höre ich die Engelhafte in der Umkleidekabine laut lachen. Ich gehe zu ihr und kann ihr Lachen nachvollziehen: die Bluse hängt „wie ein nasser Sack" von ihren Schultern. Ich sage: „Es gibt jetzt drei Alternativen. Entweder hast Du einen völlig falschen Körperbau, was ich allerdings sogleich in Abrede stelle, oder der Modefotograph ist ein Künstler ersten Ranges oder das Reklamebild ist am PC toll bearbeitet worden." Dieses Erlebnis „El Corte Inglés" wird in einem Café mit Kuchen und Cappuccino beendet.

Meine Engelhafte hat während der Metro-Fahrt mit der „grünen" Linie zur Station Cais do Sodré eine neue Idee: „In Belem soll es einen sehr schönen Park mit exotischen Pflanzen geben. Den können wir uns heute doch noch ansehen." Belem ist ein Ortsteil von Lissabon. Der Zug Richtung Cascais hält dort. In der Nähe des Bahnhofes befindet sich schon eine schöne große Parkanlage; dort spielen Kinder, liegen Liebespaare auf Wolldecken, gehen ältere Leute spazieren, sonnen sich Menschen, aber es gibt keine exotischen Pflanzen, es ist wohl ein Bürgerpark. „Der Park, den ich meine, liegt ein Stück weiter stadteinwärts, wir müssen da lang!" gibt meine Engelhafte, eine Karte von Lissabon in der Hand, die Richtung vor. Ich denke: „Schade, mir würde es reichen, mich hier auf eine der Parkbänke zu setzen." Der Weg zum gesuchten Park zieht sich eine Weile hin, jedoch wird er selbstverständlich von meiner guten Kartenleserin gefunden. Etwas verwundert sind wir, dass man für den Eintritt in den Park Geld bezahlen muss, aber die Pflege der Exoten ist natürlich teuer. An diesem Nachmittag sind außer uns nur ganz wenige Besucher in dem Park. Ich vermute, dass die Eintrittsgelder heute nicht mal die Kosten für den Kassenwart decken. Dabei denke ich aber auch an die Aussage des Arztes im Hospital, dass die Deutschen sich nicht besserwisserisch in portugiesische Angelegenheiten einmischen sollen. Bei unserem Bummel kommen wir leider zu der Erkenntnis, dass wir auch in diesem schön angelegten

Park mindestens einen Monat zu früh sind; es blüht kaum etwas. Immerhin genießen wir die Stille, die hier herrscht. Auch die schattigen Wege sind angenehm. Einige frei laufende Pfauen sorgen für Farbtupfer. Na ja, als Parkspaziergang am Samstagnachmittag ist es ganz schön gewesen.

Wir sind, welch ein Zufall, so rechtzeitig zurück in Villa 63, dass ich vor dem Abendessen mir noch die Sportschau in der ARD ansehen kann. Besonderheit des heutigen 30. Spieltages der Fußballbundesliga ist, dass Bayern München, nachdem dort der Trainer Louis van Gaal entlassen worden ist, Bayer Leverkusen mit 5:1 besiegt. Leverkusen ist Tabellenzweiter, vor den Bayern. Trainer in Leverkusen ist Jupp Heynckes, der nach der Saison bei den Bayern Nachfolger von Luis van Gaal wird. Das Ganze ist doch eine sehr komische Konstellation. Von Leverkusens Niederlage profitiert Borussia Dortmund, die jetzt mit acht Punkten Vorsprung an der Tabellenspitze stehen. (Dortmund ist dann auch Deutscher Fußballmeister geworden.) Beim Abendessen überrascht uns die Küche des neuen Hotels mit dem vorhin schon erwähnten Gala-Dinner.

Am Sonntag legen wir wieder, wie schon vor einer Woche, einen „Ruhetag" ein. Wir stehen also später auf, gehen die 2 Kilometer zum Hotel, sind erst kurz vor 09:00 Uhr beim Frühstück. Dort sind keine Seminarteilnehmer mehr. Ist das Seminar nun beendet oder liegt die wohltuende Ruhe nur an unserem späten Erscheinen? Wir genießen das Frühstück. Beim Rückweg zur Villa 63 machen wir noch einen „Umweg" durch eine benachbarte, auch weitläufige Hotelanlage. Vom ausgiebigen Frühstück und dem erweiterten Spaziergang erholen wir uns auf der Terrasse. Tja, wenn hier jetzt noch Liegemöbel vorhanden gewesen wären, hätten wir am Nachmittag vielleicht nicht noch einmal einen Spaziergang durch „unsere" Hotelanlage, inklusive eines Golfplatzes, gemacht. Im Vergleich zum Vormittag kommen wir zur Bewertung, dass „unsere" Anlage deutlich schöner als die Nachbaranlage ist. Wir sind nur leider etwa einen Monat zu früh hier gewesen.

Das wird uns am Montag in Villa 63 noch weiter bestätigt: die Küchenausstattung wird ergänzt mit Toaster, Wasserkocher, Kaffeemaschine und Rührstab. Für den Duschraum gibt es einen Abfalleimer. Wenn noch ordentliche Sitzmöbel für den Wohnraum und Terrassenmöbel geliefert werden, kann man sich hier richtig wohlfühlen. Wir setzen uns stattdessen ins Auto und fahren zu dem Einkauf-Center, das meine Engelhafte am Donnerstag auf dem Weg von Estoril nach Cascais registriert hat. Eigentlich hat sie erst am Nachmittag, nach dem Tennisspielen, dorthin fahren wollen. Die gerissene Seite meines Tennisschlägers hat den Zeitplan völlig durcheinander gebracht. Sie können es sich vermutlich schon denken: die Engelhafte lotst mich per Karte zu dem Center, ohne dass wir das Navigationsgerät in Anspruch nehmen. Ja, ja, solch magische Orte merken sich Frauen und finden sie zielgenau wieder. Immerhin, das Center ist attraktiv gestaltet. Da wir sogar nichts kaufen, gefällt es mir noch besser. Diese Euphorie wird allerdings kurz nach dem Besuch gleich etwas gedämpft, indem ich bei der Ausfahrt vom Parkplatz eine falsche Abfahrt nehme und erst nach einer Irrfahrt zurück zum Ausgangspunkt komme. Dann fahre ich aber sehr souverän Richtung Estoril.

Wir haben, gerade noch rechtzeitig vor unserem Urlaubsende, bemerkt, dass wir in Estoril zwar Tennis gespielt, uns den Ort als solchen aber noch gar nicht richtig angesehen haben. Nach zwei Stunden Spaziergang kommen wir zu dem Ergebnis, viel versäumt hätten wir ohne den Rundgang nicht. Beherrschender Mittelpunkt von Estoril ist das Casino. Da ich keine Krawatte bei mir habe, statten wir ihm aber keinen Besuch ab. Na ja, außer der Krawatte fehlt mir auch noch das benötigte Klein- oder Großgeld. Es gibt eine ziemlich lange Uferpromenade, die, zumindest an diesem Montagnachmittag, von Joggern und Joggerinnen beherrscht wird. Haben die alle sonst nichts zu tun? Sehr schön gestaltet ist die Unterführung beim Bahnhof. Schul- oder Vorschulklassen haben Fliesen gestaltet, die in Mosaikformen die Wände zieren. Diese Wände gefallen uns besser als der klotzige Casinobau. Wenn man allerdings bedenkt, dass es in Estoril einen Formel-1-Lauf, ein internationales Tennisturnier und ein hochdotiertes Golfturnier gibt, dann hat das Casino wohl seine Existenzberechtigung.

Am letzten Urlaubstag, dieses Mal der Dienstag, steht immer der ausgiebige Besuch einer Gärtnerei im Programm meiner Engelhaften. Mehreren exotischen Pflanzen, die es eigentlich nur in südlichen Ländern gibt, hat sie schon beigebracht, sich auch bei uns im Garten heimisch zu fühlen. Meine jährlich wiederholten Bedenken, irgendwelche Probleme beim Transport solcher Pflanzen zu bekommen, haben sich bisher als völlig haltlos erwiesen. Um auf Nummer Sicher zu gehen, die beste Gärtnerei zu finden, besuchen wir, zugleich zum Abschied, nochmals die „ i “ – Dame. Sie erkundigt sich sofort, wie es meinem Daumen geht. „Jeden Tag ein wenig besser", berichte ich und zeige, dass die Narbe statt mit einem Verband nur noch mit einem Pflaster geschützt wird. Natürlich kann sie uns auch den Weg zu einer empfehlenswerten Gärtnerei erklären. Wir bedanken uns herzlich für die wiederholt gute Beratung. Die „i " – Dame sagt: „Es ist für mich doch auch sehr schön, solch interessierte und aktive Besucher zu haben. Kommen Sie im nächsten Jahr wieder hierher?" Da müssen wir sie enttäuschen, weil wir ja jährlich etwas Neues sehen möchten. „Das verstehe ich, das würde ich auch gerne machen." „Vielleicht später mal, wenn Sie so alt sind wie wir", machen wir ihr Zukunftshoffnungen und verabschieden uns lachend. Als wir an der empfohlenen Gärtnerei ankommen, stellt meine Engelhafte begeistert fest: „Ja, die sieht gut aus! An der sind wir bisher noch nicht vorbei gefahren. Gut, dass wir bei „ i " gefragt haben." Die Gärtnerei hat wirklich sehr interessante Pflanzen, aber, zu meinem Erstaunen, keine, die meine Engelhafte zur Mitnahme animiert. Ich weiß gar nicht genau, seit wie viel Jahren das zum ersten Mal wieder geschieht. In diesem Urlaub ist eben alles anders als bisher.

Am Dienstagnachmittag werden die Koffer so weit wie möglich gepackt. Für unseren Abschiedsabend im Restaurant haben wir „etwas Besonderes" wünschen dürfen und uns für eine portugiesische Fischspezialität entschieden. Der Koch präsentiert sie uns persönlich. Wir loben ihn; die Engelhafte findet die richtigen Worte: „Für uns sind Sie ein Künstler!" Nach dem Dessert bitte ich, dass sich das gesamte Team einmal präsentieren möge. Wir staunen: neun Hotelangestellte sind seit einer Woche nur für unser Abendessen tätig gewesen!

Über meine kleine Lobesrede freuen sie sich. Ich wünsche ihnen, dass sie recht bald einer Vielzahl von Gästen ihre Kochkünste beweisen können. Auf unserem kurzen Weg zur Villa 63 sind die Engelhafte und ich immer noch verwundert: „Neun Leute, nur für uns, ohne uns hätten die gar nichts zu tun gehabt – ein verrückter Urlaub!"

Planmäßige Abflugzeit ist 11:45 Uhr. Ich berechne: Fahrt bis zum Flughafen 45 Minuten, Rückgabe des Mietwagens 15 Minuten, 1 ½ Stunden Einchecken vor dem Abflug, ½ Stunde sicherheitshalber einkalkulierte Zeit für unvorhergesehene Verzögerungen, also drei Stunden vor dem Abflug abfahren, somit um 08:45 Uhr. Um 06:30 Uhr klingelt der Reisewecker, um 07:18 Uhr sind wir im Frühstücksraum, um 07:53 Uhr wieder in Villa 63, um 08:31 Uhr an der Rezeption, um 08:47 Uhr fahren wir los. Bis etwa zehn Kilometer vor dem Flughafen verläuft die Fahrt völlig problemlos; wir sind gut in der Zeit. Da irritiert uns zunächst auch nicht, dass vor uns Bremslichter aufleuchten. „Das wird wohl das übliche hohe Verkehrsaufkommen auf der Autobahn bei Lissabon sein. Es sind nur noch wenige Kilometer", sage ich selbstsicher. Das hohe Verkehrsaufkommen entwickelt sich aber zu einem Stau; wir kommen, wenn überhaupt, nur meterweise vorwärts. Erst wird die Engelhafte, irgendwann werde auch ich unruhig. „Ich habe ja vorsichtshalber ½ Stunde für Unvorhergesehenes einkalkuliert", versuche ich, uns zu beruhigen. Irgendwann kommen wir zu der Stelle, die den Stau verursacht: auf der mittleren Spur der dreispurigen Autobahn ist ein PKW liegen geblieben. Nachdem wir die Stelle endlich passiert haben, geht es, Gott sei Dank, relativ zügig weiter.

Wir haben durch den Stau auf der Autobahn etwa 55 Minuten Zeitguthaben verloren. Hoffentlich funktionieren die Abgabe des Mietwagens und das Einchecken jetzt einwandfrei, sonst kann es zeitlich eng mit dem Abflug werden. Erfreulich ist, dass man problemlos vor dem Flughafengebäude parken kann, um Koffer und Taschen auszupacken. Damit lasse ich meine Engelhafte vor dem Gebäude stehen und suche den Weg zur Rückgabe des Autos. Der ist gut ausgeschildert, den Mietwagenbereich finde ich zügig. Leider sind noch zwei Rückgeber vor mir an der Reihe. Meine Sorge, es könne bei denen irgendwelche Zeit raubenden Probleme geben, stellt sich als unbegründet heraus. Auch meine Wagenrückgabe dauert nur etwa drei Minuten. Puh, geschafft! Im Eilschritt geht es zurück zum Eingangsbereich des Flughafengebäudes. Meine Engelhafte freut sich, dass ich so schnell wieder bei ihr bin. Unsere Suche nach den Schaltern der Fluggesellschaft dauert auch nicht lange, ist dann allerdings leider mit der Feststellung verbunden, dass dort viele Rückflieger stehen. Der Uhrzeiger tickt unerbittlich weiter. „So viele fliegen heute nach Düsseldorf?" fragt meine Engelhafte. „Dann muss es aber ein größeres Flugzeug als auf dem Hinflug sein." Es ist erstaunlich, wie wenig man in solch einer Menschenschlange vorankommt, wenn man es eilig hat. Ich beruhige: „Na, wenn noch so viele einchecken, dann wartet der Flieger und startet entsprechend später." Irgendwann kommt ein Mitarbeiter der Fluggesellschaft und lässt sich von den Wartenden die Reiseunterlagen zeigen. Als er zu uns kommt, stutzt er: „Nach Düsseldorf, nicht nach Frankfurt? Da haben wir für das Gepäck ja nur noch zehn Minuten Zeit. Kommen Sie!" Er führt uns an der Warteschlange vorbei und geht mit uns zum

Abfertigungsschalter „Business-Class". Der Schalterdame gibt er auf: „Diese zwei Personen als nächste; sie fliegen nach Düsseldorf." Die Business-Class-Dame, die unseretwegen nun länger warten muss, scheint darüber „not amused". Die Schalterdame stellt natürlich fest: „Ihr Gepäck hat 17 kg Übergewicht. Die Gebühren dafür müssen Sie aber jetzt noch schnell bezahlen." Ich zeige meine Zahlkarte aus Düsseldorf: „Das ist beim Abflug bereits geklärt worden. Wir haben dort schon für das Übergewicht des Gepäcks gezahlt." „Sie haben aber nur für 10 kg bezahlt, jetzt haben Sie 17 kg." „Ja, das war in Düsseldorf schon der Fall. Wir haben eine Sonderregelung vereinbart, weil wir eigentlich Sondergepäck angemeldet haben, sehen Sie hier." „Tut mir leid, ich kenne die Absprache nicht, ich muss Ihnen für 7 kg Gebühren berechnen." Die Zeit drängt; ich habe deshalb keine Möglichkeit und auch keine Lust mehr, das Thema weiter zu diskutieren. Als wir zum Ticketschalter der Fluggesellschaft kommen, ist dort von zwei Arbeitsplätzen nur einer besetzt. Ein Fluggast wird beraten, zwei Wartende stehen vor uns. Ich spreche beide an: „Entschuldigung, wir sind in sehr großer Eile, unser Flugzeug startet in zwanzig Minuten und wir müssen noch durch die Personenkontrolle. Dürfen wir vor?" Beide Wartenden zeigen freundlicherweise Verständnis für uns. Einer sagt allerdings: „Der am Schalter findet kein Ende; ich stehe hier jetzt schon eine Viertelstunde." „Ich verspreche Ihnen, dass es bei uns sehr schnell gehen wird." Es dauert noch etwa weitere fünf Minuten, bis der Schalter endlich frei wird. Die Frage, warum denn nur ein Arbeitsplatz besetzt ist, wenn mehrere Fluggäste warten, stelle ich der Dame am Ticketschalter nicht, sondern halte sogleich meine Kreditkarte für die Abrechnung bereit.

„Ich muss Ihnen für den Service zusätzlich 15 € berechnen“, wird mir mitgeteilt. Darüber rege ich mich schon nicht mehr auf, ich will nur noch so schnell wie möglich zum Flieger. Wir hasten zur Personenkontrolle und stellen erschreckt fest, dass dort etliche Warteschlangen stehen. „Wir schaffen das nicht mehr, außerdem muss ich dringend zur Toilette“, ist meine Engelhafte verzweifelt. Ich spreche erneut diejenigen an, die vor uns stehen: „Entschuldigung, dürfen wir vor? Unser Flugzeug soll in fünf Minuten starten.“ Genau in diesem Moment ertönt die Lautsprecherdurchsage: „Passagiere des Fluges 3333 nach Düsseldorf bitte dringend zum Gate 23!“ „Da, das war unser Aufruf, dürfen wir vorbei?“ Vor uns stehen ausschließlich Portugiesen. Die gesamte Kommunikation hier am Flughafen, bei der Gepäckaufgabe, beim Ticketschalter und jetzt, erfolgt in englischer Sprache. Drei Paare lassen uns vor – dann schüttelt eine ältere Dame energisch den Kopf: „Nein!“ Eine Frau hinter uns ruft einem Mann, der in der Nebenreihe an erster Stelle steht, auf Portugiesisch etwas zu. Er schaut, nickt und zeigt uns, dass er uns vorbei lässt. Ich finde nicht mal die Zeit, mich bei der netten Organisatorin zu bedanken. Die Wahrscheinlichkeit, dass sie diese Zeilen hier liest, ist wohl als äußerst gering zu bewerten: „Liebe Frau, ganz, ganz herzlichen Dank!“ Als wir die Personenkontrolle hinter uns gebracht haben, bekommen wir per Lautsprecher zu hören: „Letzter Aufruf für die Passagiere des Fluges 3333 nach Düsseldorf. Kommen Sie zum Gate 23!“ Wir spurten los, so gut das mit dem Handgepäck möglich ist. Als wir uns dem Gate 23 im Laufschritt auf Sichtweite nähern, wird uns von dort zugerufen: „Düsseldorf?“ „Yes!“ Dank der netten portugiesischen Dame, die uns bei der Personenkontrolle geholfen hat, haben wir es in letzter Minute geschafft! Wir sind völlig verschwitzt. Mit unseren hochroten Gesichtern werden wir von den Stewardessen des Fliegers so freundlich wie alle begrüßt, auf Deutsch: „Willkommen an Bord!" „Entschuldigung, es hat nicht an uns gelegen, dass wir so spät dran sind, wir haben heute überall nur Stau gehabt." „Ja, ja, so etwas gibt es manchmal. Na, nun beruhigen Sie sich und genießen den Flug. Möchten Sie eine Tageszeitung haben?" „Oh ja, gerne." Diese Mal gibt es also aktuelle Fluglektüre. Meine Engelhafte geht los und sucht unsere Sitzreihe. Die Außentür des Flugzeuges wird geschlossen. Ich sage zur Stewardess: „Ich habe noch eine Bitte. Wegen der Zeitnot haben wir nicht mehr zur Toilette gehen können. Dürfen wir das jetzt hier noch eben vor dem Start erledigen?" „Ja sicher, kommen Sie." Ich sage der Engelhaften Bescheid; sogleich nutzt sie diese Rettung. Ich verstaue inzwischen das Handgepäck und die Jacken im Ablagefach. Meine erleichterte Engelhafte kommt: „Es geht noch weiter mit den Pannen. Auf dem WC fließt kein Wasser!" Die Stewardess und ich verständigen uns, dass der Abflug jetzt wichtiger als mein Gang zum WC ist; den erledige ich irgendwann, als wir hoch über den Wolken fliegen.

Die Landung in Düsseldorf gelingt deutlich souveräner als die vor zwei Wochen in Lissabon; vielleicht ist sie hier einfacher als dort. Die Gepäckausgabe funktioniert ebenfalls besser als in Lissabon. Nicht ganz so zufrieden sind wir mit dem Taxi-Fahrer, der uns zum „Park-, Sleep & Fly – Hotel" bringt. Zum einen macht er einen recht mürrischen Eindruck, ist kaum ansprechbar, zum anderen rast er mit knapp 200 km/h über die

Autobahn. Wir vermuten, er ist mit unserer Tour noch kurz vor seinem Feierabend beauftragt worden. Er holt locker drei Minuten Zeit raus. Das Hotel liegt nur, normal gefahren, ca. 15 Minuten vom Flughafen entfernt. Unser Auto erwartet uns freudig in der Tiefgarage. Na ja, richtiger ist wohl, dass wir uns freuen, es „wie geparkt" vorzufinden, ohne irgendeinen Kratzer. Um den schnellsten Weg raus aus Düsseldorf nach Hause zu finden, wird das eingebaute Navigationsgerät in Gang gesetzt. Navi und bald danach der Verkehrsfunk melden: „5 Kilometer Stau im Kölner Ring." Das Navi schlägt einen Umweg durch Leverkusen vor, ich stimme zu. Das klappt zunächst ganz ordentlich, aber dann stellt sich heraus, dass wohl auch anderen Navi-Besitzern derselbe Weg zum Umfahren des Staus angeraten worden ist; wir geraten in einen 2-Kilometer-Stau. Als wir zurück auf die Autobahn kommen, hat das Navi uns tatsächlich den Stau dort erspart. Der Verkehrsfunk meldet: „3 Kilometer Stau im Kölner Ring." Ob sich unser Umweg zeitlich wohl gelohnt hat?

Zu Hause ist fast alles in Ordnung. Die Nachbarn, die aufs Haus aufgepasst haben, freuen sich über unsere Rückkehr: „Kaum sind Sie weg gewesen, da steht ein Gärtner in Ihrem Vorgarten und pflanzt dort was. Als wir ihn angesprochen haben, hat er gesagt, das sei mit Ihnen abgesprochen. Uns hat er dann gebeten, die Pflanzen gut zu wässern." Wir stellen klar, dass das Pflanzen während unseres Urlaubs ganz und gar nicht vorgesehen gewesen ist, um eben kein Problem mit dem Bewässern zu haben. Zusätzlich zu dem „Danke-Schön-für-die Hausbetreuung-Blumenstrauß" ist eine Flasche Sekt für das Bewässern der neuen Pflanzen angebracht. Die Rechnung des

Gärtners für das Pflanzen liegt in der angesammelten Post. Ich bezahle sie, teile meine Verärgerung über das zeitlich nicht abgestimmte Handeln aber per Mail mit. Der Gärtner entschuldigt sich und bringt eine Flasche Rosé. Nun gut, vielleicht hat sie ja in etwa so viel gekostet wie die Sektflasche, die wir dem Nachbarn gegeben haben. Somit ist zu Hause nunmehr alles in Ordnung.

Ganz zu Ende ist die Geschichte allerdings noch nicht. Ich bemühe mich, von der Fluggesellschaft die zu viel berechneten Übergepäckgebühren und zugleich vom Reiseveranstalter wegen aller Beeinträchtigungen einen Teil der Reisekosten erstattet zu bekommen. Das ist, vielleicht kennen Sie so etwas Ähnliches mit Ansprüchen gegenüber Versicherungen, nicht ganz einfach. Die Fluggesellschaft ist nur bereit, die 85 Euro, die ich in Lissabon gezahlt habe, zu erstatten. Großzügig, aus deren Sicht, schreibt man mir: „Die Kulanzvereinbarung aus Düsseldorf, nur 10 kg Zusatzgewicht zu berechnen, gilt selbstverständlich auch für Lissabon." Damit gebe ich mich nicht zufrieden. Ähnlich wie die Fluggesellschaft verhält sich der Reiseveranstalter: „Da Sie unseren örtlichen Vertreter in Portugal, Sitz Lissabon, nicht kontaktiert haben, besteht nach ständiger Rechtsprechung kein Schadensersatzanspruch. Aus Kulanzgründen erhalten Sie einen Reisegutschein in Höhe von 100 Euro." Nachdem mehrere Versuche, eine gütliche Einigung zu erzielen, gescheitert sind, sehe ich mich leider veranlasst, meine Ansprüche gerichtlich geltend zu machen. Sie möchten gerne wissen, wie die Gerichte entschieden haben? Nun, so etwas braucht Zeit. Vielleicht erfahre ich das ja noch, bevor diese Urlaubsgeschichte gedruckt wird; dann füge ich unter P.S. die Information an, versprochen. Wenn es kein P.S. gibt, gehen Sie einfach mal davon aus, dass ich beide Prozesse gewinnen werde.

Vielleicht fragen Sie sich jetzt noch, was denn aus den drei mobilen Navigationsgeräten geworden ist. Nun, das erste, das in der Schreibtischschublade vergessen worden ist, liegt dort weiterhin, griffbereit für einen Mietwagen in unserem nächsten Urlaub. Das zweite Navi, das keine Karte für Portugal hat, ist problemlos von der Firma zurückgenommen worden. Na ja, problemlos stimmt nicht ganz. Ich bin zu deren Niederlassung in unserem Nachbarort gefahren und habe am Schalter „Information" erzählt, wie ich zu dem Gerät gekommen bin und warum es für mich keinerlei Nutzen gehabt hat. Die Dame an der Information hat mir nicht helfen können: „Gehen Sie damit mal zu unserer Fachabteilung." Dort habe ich die Geschichte erneut erzählt. Die junge Verkäuferin hat lachend angefangen zu jubeln: „Hurra, Sie sind in unserem Haus hier der erste Kunde, der etwas an unseren neuen Express-Automaten gekauft und damit ein Problem hat. Sie sind jedenfalls der erste, der sich hier meldet." „Und, habe ich damit einen ersten Preis gewonnen?" „Nö, das nicht, aber jetzt wissen wir zumindest, dass solch ein Express-Automat funktioniert. Allerdings habe ich nun ein Problem. Wir sind zwar mal geschult worden, wie ein Reklamationsfall bei solch einem Expresskauf zu behandeln ist, aber das ist schon längere Zeit her und ich weiß nicht mehr, wie es geht. Leider ist mein Chef heute nicht im Haus, den kann ich nicht fragen. Warten Sie, ich hole mal einen Kollegen." Der Kollege hat sich dann ebenfalls darüber gefreut, dass sich ein erster Express-Automat-Käufer gemeldet hat. Wie solch ein Kauf bei Bedarf rückabzuwickeln ist, weiß er aber leider auch nicht. Ihm fällt jedoch eine Telefonnummer ein, über die man vielleicht Informationen bekommen kann. Wir drei Ratlosen haben Glück: der Telefonjoker weiß tatsächlich die richtige Antwort. Nach einigem Suchen wird das angegebene Formblatt gefunden. Mit ausgefülltem Formblatt bin ich zur Kasse gegangen, habe dort das Navigationsgerät und eine Durchschrift des Formblattes abgegeben und die Zusage erhalten: „Innerhalb von zwei Wochen ist das Geld auf Ihrem Konto." Den Zahlungseingang habe ich bereits nach acht Tagen feststellen können. Das ist doch zum Schluss mal ein positives Erlebnis gewesen! Das dritte Navigationsgerät, das im Urlaub manchmal zum erfolgreichen Einsatz gekommen ist, hat ein Sohn gerne in Empfang genommen: „Klasse, mein Navi ist schon ziemlich alt und nicht mehr auf dem neuesten Stand, ein neues Gerät kann ich gut gebrauchen." Also, das Problem mit der Vielzahl an Navigationsgeräten ist gelöst.

Somit bleibt zum Schluss die Frage, wie es meinem Daumen geht. Die Wunde ist gut zusammengewachsen; die Narbe ist kaum zu erkennen. Leider habe ich aber wohl doch ein paar kleine Nervenstränge zu viel durchgeschnitten, denn in der linken Daumenspitze habe ich „kein Gefühl" mehr, bisher jedenfalls. Immerhin hat man mir Hoffnung gemacht, dass der Körper das irgendwann selbst heilt. Wenn ihm das aber doch nicht gelingt, habe ich eine bleibende Erinnerung an einen ganz besonderen Urlaub.

Ich wünsche Ihnen einen schönen Urlaub!

P.S.

Ich war tatsächlich in beiden Prozessen erfolgreich.
Das Reiseunternehmen hat mir 250 €, die Fluggesellschaft die
gesamte Differenz der zu Unrecht berechneten Gebühren für
das Sportgepäck erstattet.

Eckhard Duhme ist 1947 im westfälischen Hagen geboren und dort aufgewachsen. Nach dem Abitur ist er in Hamburg und Schleswig – Holstein bei der Bundeswehr gewesen. Danach hat er in Münster Jura studiert. Die Referendarzeit hat er in Bielefeld, Datteln und Münster absolviert. Das zweite Staatsexamen hat er beim OLG Hamm bestanden. Dann hat er 35 Jahre in einem Chemiekonzern in leitenden Funktionen gearbeitet. Im Berufsleben hat er unzählige Texte verfasst. Oft ist ihm lobend gesagt worden: „Sie könnten auch Schriftsteller sein." Das ist er seit 2010 als Rentner. Schreiben ist für ihn ein unterhaltsames und spannendes Hobby: „Wenn meine Texte auch anderen Menschen Freude bereiten, ist die aufgewendete Zeit sinnvoll gewesen."

Beim *tredition® - Verlag* gibt es von Eckhard Duhme auch den Roman *„Björn"* (678 Seiten, 35,00 €).
Geschildert wird, wie das Leben eines Jugendlichen in den sechziger Jahren des zwanzigsten Jahrhunderts gewesen ist. Es ist aber kein Jugendbuch, sondern ein „Roman als Zeitdokument", aus einer Zeit, in der es weder PC noch Handy, SMS, i-Phone oder Play-Station, nicht einmal schnurlose Telefone gegeben hat. Interessant ist das Leben in der Zeit trotzdem gewesen – oder gerade deshalb?